マドンナメイト文庫

美少女寝台列車 ヒミツのえちえち修学旅行

浦路直彦

目次

contents

プロローグ……7
第1章 小悪魔少女の奸計……9
第2章 幼いつぼみの誘惑……72
第3章 快楽行きの寝台列車……126
第4章 想い出のえちえち修学旅行……221
エピローグ……267

美少女寝台列車
ヒミツのえちえち修学旅行

プロローグ

令和五年五月。

(懐《なつ》かしいなあ)

小学校の卒業アルバムを見つめながら、山根知輝《やまねともき》は目を細めた。

平成二十四年度の近隣の「公立倉橋《くらはし》小学校」のもので、三十六歳の知輝のものではない。

クラスの集合写真に続き、バストアップの二人の少女を見た。

六年二組　知念《ちねん》ひより。

六年二組　水木《みずき》そら。

二人の少女の顔を、そっと指の先で撫でた。

続けて、卒アルの後半、修学旅行のページで知輝は手をとめた。

非日常の修学旅行で、どの児童の顔にも、テンションの高い笑みがあふれている。

そこでも二人の少女、ひよりとそらに目をとめ、指で触れた。

修学旅行のページには、わずかだが知輝も写っていた。むろん、主役は児童たちなので、知輝は引率《いんそつ》の一人としてたまたま写っているだけだ。

この子たち、いまどうしているだろう、と知輝は懐かしさに胸が締めつけられそうになった。

現在二十三歳……いや、二人はまだ満二十二歳か。大学を卒業して、どこかに就職しているのだろうか。

（ひよりちゃんとそらちゃん、この子たちと……）

写真の中で、大勢に交《ま》じって寝台列車ではしゃぐ二人の少女を見つめて思う。

（この修学旅行のときに、セックスしたんだ……）

第一章　小悪魔少女の奸計

平成二十四年五月。

偶然が三度重なると陰謀《いんぼう》を疑え。なにかで覚えたフレーズだ。

その日、クライアントに呼び出された山根知輝は、偶然と驚愕を短時間に三度経験してしまい、久しぶりにそんなフレーズを思い出した。

大学を卒業後、中堅の広告代理店「アートスタジオＪＳ」に就職して二年が経《た》っていた。営業部の先輩に伴《ともな》って最初に契約に赴《おもむ》いたのが、ＪＲＲ（旧日本国内鉄道）だった。以来、先方にもかわいがられ、知輝の実績というと疑わしいが、これまでに二本のテレビコマーシャルをリリースしていた。

今回も依頼主はいつものＪＲＲの担当者だったが、Ａ４の書面に書かれた呼び出し場所を見て、知輝は三度見ぐらいしてしまった。

自分が住んでいるマンションだったのだ。

それも、ワンフロア上の部屋。

念のために先方に電話で確認したが、間違いではなかった。

待ち合わせの午後三時に合わせ、知輝は会社を出た。今回先輩は別件で東北におり、ＪＲＲの担当部長は、知輝だけでもいいと言ってきた。

一人で大口契約をつかめるチャンスに気持ちは引き締まっていたが、同時にキツネにつままれたような気分でもあった。

（会社を早退してる気分だよ……）

エレベータに乗り、自室のある部屋よりもワンフロア上の階を押す。

部屋の前で表札を見ると、たしかに担当者の苗字だった。

「すみません、アートスタジオＪＳの山根です」

インターフォンを押して名乗った。飛び込みのセールスマンになった気分だ。

「やあ、山根君、家にまで呼び出してすまなかった。上がってくれ」

五十代の見慣れた男性がドアを開けた。ＪＲＲの企画・広報担当、知念浩司《こうじ》だ。

「お邪魔します」

マンションなので室内のレイアウトは知輝の部屋と同じだが、大手鉄道会社の部長の家はやはり調度品の趣《おもむき》が違った。

だが高級なだけではなかった。子供の描いた絵が額縁《がくぶち》に入れられ、玄関に飾られている。知念部長には小学生の子供がいるのだろうか。

応接室に通されると、壮年の男性が先にソファに腰掛けていた。知らない顔だ。

「山根君、紹介しよう。こちら、私の娘が通う小学校の校長先生、清岡紀信《きよおかきしん》氏だ」

男性は重そうに身体を少しだけ浮かせ、会釈《えしやく》した。

これが二度目の驚きだった。小学校の校長？

知念に導《みちび》かれ、テーブルをはさんで名刺交換する。

「はじめまして。よろしくお願いします」

クライアントの知念は、イタズラが成功した子供のような笑みを浮かべていた。

「じつは、こちらの小学校の六年生の修学旅行に、弊社の臨時列車を使っていただくことになってね。イベント用に動態保存しているブルートレインを使うことが決まったんだ」

「ブルートレイン……ですか」

かつて日本中を駆け巡《めぐ》ったブルーの車体の寝台列車。走るホテルともいわれた往年《おうねん》の子供たちの憧れの列車だ。

校長が重そうな身体を乗り出した。

「そう。二泊三日の行程なんですが、一泊を寝台列車での車中泊にしたいと思ってるんです。子供たちにとって忘れられない旅になると思いましてね」

それは記憶に残る楽しい思い出になるだろう。

同意の肯《うなず》きを返したが、根本的な謎が残っている。なぜ自分はここにいるのか？

自分の仕事は、コマーシャルフィルムをつくることだ。依頼主の企業と打ち合わせをし、絵コンテを切り、セットやロケの段取りを組んで、タレントの手配をする……

肩書はまだついておらず、ボウヤ扱いではあるが。

依頼主である鉄道会社と小学校校長と自分。三点を結ぶ辺がひとつ足りず、三角形にならない。

「なんで自分がここに呼ばれたのか、という顔をしとるね」

知念がたっぷり間を持たせて言った。

そして口を開きかけたとき――。

「失礼します」

秘書のような声がして、女性がトレーに乗った飲み物を持って入ってきた。

それが三度目の驚きだった。

「ひよりちゃん!?」

同じマンションの顔見知りの少女、ひよりだったのだ。

ひよりの顔、知念の顔、校長の顔を交互に見た。どの顔にも、してやったりの表情が浮かんでいる。

「んふ、びっくりした？　知輝さん」

「うん、びっくりした……なんで、ひよりちゃんがここにいるんだ？」

「やぁだ。ここ、あたしの家だよ」

「え？」

「ひよりは私の娘だよ。いつも仲よくしてくれているようだね、山根君」

ふだんならこんなに鈍いこともないのだが、驚きが大きすぎて状況把握《はあく》にむやみと時間がかかった。

「え……ひよりちゃん、知念さんの娘さんだったの!?」

頭の中の人間関係配置図の思わぬどんでん返し。企画の交渉に入ると思ってやってきたのに、いきなりの出オチだ。

「んふふふ、知輝さん、思ったとおりの顔してる。カラスが肘鉄砲《ひじでっぽう》食らったみたい」

「鳩が豆鉄砲を食らう、だよ。知念さん」

校長が訂正した。話の流れで知ったが、校長は知念のことを「部長」、ひよりのことを「知念さん」と呼んで区別していた。

「校長先生って、国語の先生だったの？」

「いや、倉橋小の校長に赴任《ふにん》する前は、高校の数学の先生だった」

ひよりの脱線に、校長は生真面目《きまじめ》に答えた。

「へー、ときどきここに来て、あたしに算数の宿題を教えてよ。校長先生が家庭教師って、すごいぜーたく」

「これこれ」

「すみませんね。いつもこんな調子で、突拍子《とっぴょうし》もないことばかり言うんですよ」

「それがまあ、今回のプランにつながったわけです。知念さんの発想に感謝ですよ」

今回呼ばれた理由に、ひよりも一枚嚙《か》んでいるような含《ふく》みがあった。ただお茶を運んできただけではないようだ。

ひよりは自分の仕組んだサプライズに上機嫌らしく、子供らしいイノセンスな笑みを浮かべたまま、プラプラと動いていた。

余分な筋肉も脂肪もついていないスレンダーな体型で、やせっぽちに近い。小学六年生だから十二歳のはずだが、幼児でもない代わりに思春期にもまだ間があるという成長具合だ。

ひよりと会うのはマンション地階のエントランスだけで、小学校の制服もふだん着の姿もよく知っている。腰の位置が高く脚が長いのは、透視《とうし》しなくてもわかる。細面《ほそおもて》の顔立ちに、控えめでいつも優しい表情を浮かべている。首が細くて長いのも好ポイントだ。

ただ、顔の印象は、正直薄い。美少女なのだが、目や口のパーツは大きくなく、強い主張がない。以前、ひよりに「しょうゆ顔」と言ったら、納得しつつもうれしくなさそうだった。なんでそんな言葉を知っているのかと疑問に思ったのは、あとになってからだった。昭和のライブラリー動画で覚えたのだという。

「山根君、父親としてあらためて礼を言いますよ。生意気で扱いにくいだろう」

知念が言うと、「あ、いえ」と知輝は返事を濁《にご》す。

よく遊ぶというが、マンションのエントランスで何度か会い、顔見知りになった程度だ。どこかへ遊びにいったということはない。

「最初にあったとき、手品を見せたんですよ。お粗末《そまつ》な即興《そっきょう》だけど、学生時代からの趣味でして。そしたらえらく受けて。お友だちのそらちゃんといっしょに、ねだられるようになったんです」

「手品だけじゃないよ。知輝さん、いろいろ面白い話をしてくれるもの」

控えめな声と表情で知輝の株を上げようとしてくれている。いつものトーンよりも妙な上品さがこもっていた。父親と校長の前だからだろうか。

室内着だろうか、ひよりは薄そうな白いワンピースを着ていた。さすがにここまでラフな姿は、マンションのエントランスで見たことはない。ノースリーブだが、まだ肩は小さく骨ばっていて、女性らしい丸みはない。

ひよりは目を細めて薄く笑い、知輝を見つめていた。笑うと目がへの字になり、なんとも優しい表情になる。マスク社会になりつつあるが、ひよりは目だけで豊かに表情を表せている。

「どこかへ遊びにいったりとか、お礼を言われるほど遊んでるわけじゃないんです」

謙遜《けんそん》の中に牽制《けんせい》を込める。この程度の関係ですよ、と釘《まね》を刺すニュアンスだ。

いまの時代、不用意に女児と接触すると、あらぬ疑いを招く恐れがある。

子供好きな親切なオジサン、そんな昭和の価値観が通用する時代ではない。

「まあ、そうよね。あたしの苗字も知らないままだったもんね。いつも、ひよりちゃんって呼ばれてたし。だから今回のサプライズができたんだけど。んふふ」

薄くて上品な笑みに、どこか非難の含みが混じっていた。

知輝は軽く咳払《せきばら》いし、知念と校長を見た。

「で、今日私が呼ばれた理由は……？」

知念も居住まいを正し、少し表情をあらためた。だが、どこかバツが悪そうだ。

「このブルートレインを使った修学旅行、それ自体にアートスタジオＪＳさんは無関係なんだ。しかし、その……」

歯切れ悪く言い、ちょっと顔をしかめて娘を見た。

「無関係ってことないでしょ、パパ。カメラマンとして来てもらうんだから」

カメラマン？

顔じゅうに疑問を浮かべた知輝に、知念は観念したように説明を始めた。

自分の通う小学校の校長と、大手鉄道会社の企画・広報部に属する父親を直接橋渡ししたのは、なんとひよりだった。

ひよりは鉄オタというほどではないが、父親の仕事の関係上、鉄道には関心を持っている。ネット動画でたまたま観た寝台列車に興味を持ち、昭和まで遡《さかのぼ》ってブルートレインに関心を抱いていたという。

「二カ月後に修学旅行があるでしょ？　ブルートレインを使えないかと閃《ひらめ》いたの」

ひよりは、ふふん、と笑いながら言う。

相談された知念も大いに関心を示し、娘の小学校の校長にアポを取ったところ、意外なほどトントン拍子に話が進んだというのだ。

「カメラマンとは、どういうことです？」

驚くような報告に、割って入った。

「そのままだよ。山根君。アートスタジオさんにはＪＲＲの社内報の宣伝をしてもらう。そのために山根君もいっしょにブルートレインに乗ってもらい、寝台列車で楽しんでいる児童たちを撮影する——というのが娘の作戦らしいんだが……」

知念の説明は、最後になって自信なさそうに声が小さくなった。

ひよりを見ると、控えめで涼しげな顔に、どう？　という自信が浮かんでいた。

「まあ……会社に持ち帰って、先輩と相談します。ダメとは言わないだろうけど」

ひよりは胸に両手を当てて喜んでいた。派手に飛び上がったりしない。ガハハハ、と笑うことなど、この子は一生ないだろう。

知念と校長は目に見えて安堵《あんど》していた。

「いや、すまん。わざわざ来てもらったが、今日は娘の提案を呑《の》んでくれるかどうかの確認だけだったんだ。それ以外の交渉は校長先生とさっき詰めておってな」

知念はやはりバツが悪そうだ。驚いたことに、数センチだが頭まで下げた。

「あ、いえ」と知輝もあわてて頭を下げる。

「今日はJRRさまとのお話を終えたら、直帰になってるんです」

「おお、そうなのか。ワンフロア階段を降りるだけで、今日はもう帰れるんだな」

知念はそちらの意味でも安心したようだ。ひよりから聞いて知輝の自宅を知っていたのだろう。風貌《ふうぼう》といい実績といい立派なビジネスマンなのだが、小学生の娘の頼みを断れないダメ親父っぷりが透かし見えていた。

「んふふ、お仕事のお話は終わりね。知輝さん、あたしの部屋に行きましょうよ」

知輝・知念・校長が、同時に「えっ？」と声を出した。

「いいでしょう、パパ？　あたしの部屋で少し遊んでいってもらうの」

「いや、山根君が迷惑じゃないかね？」

意外な申し出に父親はオロオロしている。こんな動揺《どうよう》した知念部長を見たのは初めてかもしれない。

「僕はいいんですけど……ひよりちゃん、今日はお仕事で来たんだ。手品とかオモシロイものなんて持ってきてないぞ」

ウソだった。タイミングを計《はか》るのが難しいが、大人のコミュニケーションツールとして手品はいくつかカバンに入っている。

「いいの、いいの。知輝さんがあたしの部屋に来るっていう非日常感がいいんだから」

知輝はまっすぐ校長先生に向いた。

「校長先生、六年生の児童って、『非日常』なんて言葉を使うもんなんですか？」

「うーん、レアケースだね。知念さんは非常に成績もいいし」

教育者の口調で生真面目に校長は答えた。

ひよりに腕を引っ張られながら、

「それでは、部長、校長先生、ここで失礼します」

なんとも滑稽《こっけい》な挨拶になってしまった。

「JRR部長のご自宅の廊下を歩くことになるとは思わなかったよ」

ひよりは知輝の手を離さず、まっすぐ知輝を見た。

「知輝さんとあたしは、お友だちでしょう？」

「うーん、そうだな。僕の一番年下の友だちだ」

優しいまなざしなのに、どこか目力のある表情でひよりは言い、知輝はたじろぎながら答えた。

「ここがあたしの部屋。どうぞ」

ひよりは目を細めて笑い、ダークブラウンの扉を開けた。

「おじゃまします……」

かすかだが、ふわりと甘い香りが鼻腔《びくう》をくすぐった。甘くて優しいがどこか人工的な香りだ。スプレー芳香剤《ほうこうざい》でも使っているのか。

「へえ、これが、ひよりちゃんの部屋か……」

「あら、知輝さん、もしかして緊張してる？」

「そりゃ、女の子の部屋に入るときは緊張するよ」

「んふふ。あたしの椅子に座っててください。ちょっと待っててね」

学習机の椅子を示し、ひよりは部屋を出ていった。

マスプロではない重厚な学習机だが、さすがに女児用で小さい。赤くて可愛い椅子は小さく、知輝が腰掛けると壊れそうだ。

ベッドと本棚、チェストがあり、わずかなぬいぐるみのほかは意外に質素《しっそ》なつくりだった。

本棚には、児童向けの字の大きい純文学やライトノベル、学習図鑑、少しだけ漫画の本もあった。壁にはＪＲＲの鉄道写真が載ったカレンダー。

「あら、座ってくれればいいのに」

入ってきたひよりは、ケーキと紅茶の乗ったトレーを持っていた。

「んふふ、校長先生にはお紅茶しか出してなかったから、ナイショだよ」

育ちのいいのが全身から伝わってくるが、この辺のズケズケ感は子供のそれだ。

「お友だちと宿題するときのローテーブルがあるけど、たぶん知輝さんには小さすぎるね。ここに座りましょう」

ひよりはベッドにトレーを置き、自分もそこに腰掛けた。

「僕なんかが座ったら壊れそうだけど」

「大丈夫。スウェーデン製だから」

「…………」

ケーキも紅茶も美味しかった。さほど甘いものに興味のない知輝にも衝撃の味だった。知輝が子供のころ、遊びに来た友だちに母親が出してくれたのは、お盆に盛ったでき合いのお菓子かコンビニスイーツだった。

「んふ、んふふふ」

ケーキを口に含み、口を閉じたままひよりは笑った。

「どこか笑うところがあるかい？」

「んふ、知輝さんがあたしの部屋にいるの、なんかすごくシュールで」

「僕だって違和感強いよ。ひよりちゃんの部屋でケーキを食べてるなんて、二時間前に会社を出るときは想像もしなかった」

「夢に見そうだわ。んふふ」

ひよりは珍獣《ちんじゅう》でも見るかのように、知輝から目を離してくれない。

「なあ、ブルートレインの修学旅行の同行って、僕も寝台列車のどれかに泊まるってことだよな？」

「そうね。あたしの寝台の上か下か横に寝てほしいんだけど、たぶん無理ね。男子と女子、別々にかたまって振り分けられるから」

「……そりゃ無理だろ。僕は先生たちの近くの寝台だろうな」

「昔のブルートレインの寝台は、こんな感じ」

知輝の横に腰掛けたひよりは、近づいてスマホの画面を見せてきた。茶菓のトレーを退《ど》け、お尻をずらせて知輝に近づく。

スマホのディスプレイに、往年のブルートレインの寝台車両が映っていた。

「へえ、狭いね。いまのカプセルホテルより狭そうだ」

「でしょ。ホントは知輝さんといっしょに寝たいんだけど」

「おいおい……」

ドキンと心臓が跳ね上がったことを悟《さと》られなかっただろうか？

李下《りか》に冠《かんむり》を正《ただ》さず。

女性に対して疑われそうなことは慎重に避けていたし、相手が女子小学生ならなおさらだ。

気がつくと、ひよりはほとんど身体を密着させるほど知輝に近づいていた。そのままの体勢で、好奇心剝《む》き出しで知輝を見上げている。

「ねえ、夜、寝台列車のシートを抜け出して、こっそり会えないかな？」

「こらこら、危険な冗談を言うんじゃない……」

牽制してみたが、これまでにない至近距離で見上げる美少女の瞳に圧倒されてしまった。細くて優しいまなざしに妙な迫力がある。

「いいじゃない。ここには、あたしたち二人だけなんだから。誰にも聞かれないよ」

「……なんか昭和のラブコメみたいなセリフだな」

「昭和、好きだよ。温故知新《おんこちしん》。故《ふる》きを温《たず》ねて新しきを知る。ネット動画でアーカイブ映像とか見たら、いろいろうらやましいと思うもの」

えらくアカデミックな発言だ。校長の言うとおり、学校での成績はいいのだろう。

「ここだけの話を、たくさんしてもいい？　マンションのエントランスじゃ、誰の目と耳があるかわからないし」

「……いいよ」

マンション地階で、どんな思いで知輝と接していたというのか。

「ちょっと待ってて。先に片づける」

ひよりは空いたトレーを持ってまた部屋を出た。汚れものをそのままにしない。躾《しつけ》が行き届いている。

「知輝さん、あたしのこと、どう思う？」

戻ったところで、ひよりはすぐに訊《き》いてきた。子供らしいダイレクトな問いだ。

「……すごくかわいいと思う。小学生だけど、こんなに美人なら正直悪い気はしない。僕も男だし」

すれすれのところで認めた。

「歳の差が気になるの？」

「あたりまえだ。ひよりちゃんと僕のあいだでなにかあったら、僕は間違いなく仕事も信用も人生も失う」

「あたしたちのあいだの『なにか』って？」

女児に悪さをしたらどんな制裁が待っているかを力説したつもりだが、ひよりは食い下がってくる。目を細めたソフトな笑みなのに、この押しの強さはなんだ。

「たとえばその……僕がひよりちゃんに、ちょっとエッチなことを言ったりしたりすることだ」

「ほー、具体的にいうと？」

頬の肉があがり、笑みが強くなる。大人をからかう子供特有の笑みになった。

「あのさ、まだ小学六年だろ。十二歳か。そんな質問、大人が答えちゃいけないんだ。わかるだろ」

「誕生日が来てないから、まだ十一歳です。そらもね。さあ、質問の回答をどうぞ」

ひよりは白くて小さな手のひらを知輝に向けた。知輝の意見など聞くつもりはないという明確な意思表示だ。

「……具体的に僕が言ったことを、あとでお父さんや校長先生に言わないと誓えるかい？」

根負けしたかたちの知輝が、大人のいやらしい釘の刺し方をする。

ひよりは片手を挙《あ》げ、手のひらを知輝に向けた。

「誓います」

「じゃあ、具体的に」と知輝はコホンと小さく咳払いした。

「ひよりちゃんとキスしたり、身体のあちこちを僕が触ったり、服を脱がせたり」

やけ気味にそこまで言ったが、またひよりが手のひらを見せ、「ストップ」と知輝の発言をとめた。

「身体のあちこち、がどこか知りたい。複数回答可よ。んふふ」

複数回答可も小学六年がさらりと口にできる言葉と思えない。やはり頭がいいのだ。

困った状況で知輝はそんなふうに感心していた。

「そんなのは、口にするだけでセクハラなんだけど」

「『ハラスメント』は嫌がらせのことでしょ？　あたし、嫌がってなんかないもの」

「…………」

知輝はゆっくりと深呼吸した。

「ひよりちゃんのおっぱいとか、お尻とか……お尻の前とか」

「たびたびごめんなさい。お尻の前って？」

小さな手のひらとひよりの顔を見て、知輝は絶句した。

「それは……いくらなんでも女性に失礼すぎて口に出せない」

「お忘れのようだから繰り返します」

ひよりはさらに顔を乗り出し、片手を添えて知輝に耳打ちした。

「ここには、あたしたち以外に誰もいないの。あたしたちが人に言わなければ、ここでのことはなにもなかったのといっしょなの」

「…………」

すらすらと言葉が出てくる。ひょっとしてひよりは、いつか知輝と二人きりになるチャンスを待っていたのではないかと思う。そのとき口にする文言も決めていたのではないかと。

「教えて。あたしのココ、なんて呼ぶのか」

ひよりはワンピースの上から、そっと股間を押さえた。

知輝はまた小さく深呼吸し、ひよりの小さな耳に片手を添えた。

そうして囁《ささや》くような小さな声で、

「オ・マ・×・コ」と、ゆっくり言った。

知輝が初体験をしたのは大学生のころで、もう六・七年ほどになるが、現実にこんな言葉を口にしたのは人生で数度しかない。

「やっぱり、そんな名前なんだ、ココ……」

「質問だ。なんでひよりちゃんみたいなお利口さんが、そんな言葉を知ってるんだ？いけない大人が使う言葉だぞ」

多少の皮肉を込めたつもりだが、効果がないのはひよりの表情でわかる。

「清濁併《せいだくあわ》せ呑む。悪い言葉でも、いろいろ知っておきたいの。ふさわしくないところで使わなきゃいいだけ」

「…………」

知輝を見つめながら、ふとひよりは不安そうな顔になった。淡白《たんぱく》で色白の美少女の顔が、親にはぐれた子供のような表情になる。

「知輝さん、こんなこと訊くあたしのこと、キライ？」

「いや……そうじゃない。ただ、すごく驚いてる。ひよりちゃんが、こんなエッチな女の子だったなんて」

「んふふ、知輝さんと二人きりになったら、こんな話をしてみたかったの」

やっぱり。ひよりは安心したように、またイノセンスな笑みを浮かべて知輝に近づいた。もう、すし詰めの満員電車のシートのようだ。

「ねえ、知輝さん……『ひよりの、オマ×コ』って言って」

「そんなことを僕が言って、逆にひよりちゃんが僕をキライにならないかい？」

「それこそ、逆。もっと好きになるかも。んふふ」

大げさではなく、人生の岐路《きろ》に立っているような緊張感を覚えた。

知輝はロリコンだった。

しかし、いけない画像をいくつかパソコンに保存しているほかは、犯罪行為はしていない。むしろ未成年の女性からは積極的に視線を逸《そ》らすようにしていた。

マンション地階で、ひよりとそらと知己《ちき》なってからは特に注意していた。

だが慎重な生活態度も、そんな言葉を口にすることで瓦解《がかい》するかもしれない。知輝は腹をくくり、また深呼吸して、ひよりの耳に口を近寄せた。

「ひよりちゃんの、オマ×コ、見たい」

ものの三秒ほども、ひよりは固まっていた。見たい、見たい、と付け加えたからか。そうして、白い顔をほんのりピンクに染め、見たこともない神妙《しんみょう》な表情で、

「……いいよ」

と言った。

「でも待って。その前にまだ訊きたいことがあるの」

ひよりはいたずらっぽい笑みを戻し、んふふ、と笑ってから、

「知輝さんのコレ、なんて言うの？」と、知輝の股間のチャックを指差した。

「チ×ポ」

自分のものなので、衒《てら》いもなく口にしてやった。

「僕のチ×ポ、見たいかい？」

「……うん。知輝さんのチ×ポ、見たい」

言ってから、ひよりは両手で顔を覆《おお》い、うつむいてしまった。意外な反応だ。

「どうした？」

「……恥ずかしい。『知輝さんのチ×ポ』なんて口にしちゃった……」

自分のオマ×コ、はいいのか、とちょっと不思議に思ってしまう。

知輝は顎《あご》を出し、ひよりの部屋の天井を仰《あお》いだ。

「なんか、僕も夢を見てるみたいに現実感がない。ひよりちゃんの部屋にいて、こんな会話をしてるなんて」

「ねえ、知輝さんって、ロリコンさんでしょ？」

「えっ……？」

ノーガードのところへストレートを食らった気分だった。

「……どうして、そう思うんだ？」

十一歳少女の甘く湿った息がかかるほど、ひよりは顔を近づけていた。知輝はほとんど口を動かさずに訊いた。

「だって、なんとなくあたしやそらを見てる目が、そんなふうだもの」

もうこの部屋で、何度絶句しただろう……。

「んふふ、知輝さん、顔じゅうに『なんでバレたんだ？』って書いてあるよ」

あまりのバツの悪さに視線を逸らし、無駄な咳払いをした。

「で、そんな危険な男を部屋に入れて、ひよりちゃんは怖くないのか？」

反撃に出たつもりだった。しかし、ひよりは斜め上の回答をしてきた。

「ちょうどよかった、って思った」

「んん？」

「いまからあたしが言うことに、びっくりしないでほしいの。目を逸らすのもダメ」

「……なんだろ？」

「あたし、知輝さんが好き」

「それは、驚かない。なんとなくわかってたから」

間髪を入れずに言ってやったが、即座にひよりに否定された。

「そうじゃなくて、子供が大人に憧れるような感情じゃなくて、その……異性として好きなの」

饒舌《じょうぜつ》だったひよりが、少しだけ歯切れ悪く言った。

「たぶん、そらもよ」

知輝はわかりやすく固まってしまった。ひよりの言葉に、レスポンスの選択肢がまったく浮かばなかったのだ。

「知輝さん、いま付き合ってる女の人っていないでしょう?」

控えめな笑みを湛《たた》えたまま、ひよりは畳《たた》みかける。

「うん……なんでわかるんだ?」

「なんとなく。女の子の勘。んふふ」

もう言葉もない。

「……僕が小学六年生か、ひよりちゃんがせめて大学生ぐらいなら、大喜びだっただろうな」

精一杯の牽制をしてみたが、ひよりは笑みを浮かべたまま小首をかしげている。

「そんなに待てない。時間はユーゲンだよ。コンマ一秒も無駄にできないの」

語彙《ごい》が豊かなひよりだが、さすがに使い慣れない言葉はイントネーションがおかしかった。

ひよりは視線を離してくれないまま、べったりと知輝に身体を触れさせていた。もう満員電車どころではない。深夜の公園のカップルの密着感だ。

ひよりは細い腕を知輝の背中に回してきた。

「知輝さんも、腕、回して」

初めてひよりは声を潜《ひそ》めた。

ゆっくりと横に倒されそうな姿勢を立て直し、知輝は少女の肩に腕を回した。

華奢《きゃしゃ》な肩を抱くと、ひよりは喉声だけで「んふふ」と笑った。

(小さくて骨ばってる……これが十一歳の女の子の感触か)

心を平静に保《たも》とうとしたが、ロリコン者の劣情《れつじょう》が頭をもたげてくる。

いけない画像で見たあられもない姿の少女たち、こんな感触だったのか。

ノースリーブの剝き出しの肩は、充分に肉がついておらず、その下の骨の感触まで伝わってきた。知輝のこぶしよりも二回りほど小さな造形で、大人の女性とは別物の触れ心地だ。

知輝はそのまま二の腕をそっと撫でた。思わず背筋に寒気が走った。

(なんて細いんだ……簡単に折れてしまいそうだ)

撫で上げるとき、金色の産毛《うぶげ》のかすかな抵抗があった。

「知輝さん、もうひとつ、いい?」

「ひとつだけかい?」

「ううん。じつは十個ぐらいあるかも。んふ」

背中に回された腕は、細いのに熱い。

「キス、してみない？」

数刻、見つめ合った。

「……後悔しないかい？」

「ふるっ。昭和なセリフ。知輝さんも平成生まれなのに」

にっこりと笑ってから、ひよりは少し表情をあらためた。

一秒後、二人は唇を重ねた。

（頭の位置が、低い……唇も小さい）

この姿勢で大人の女性とキスの経験があった。ひよりもスレンダーで背が高いイメージがあったが、そこは小学生だ。知輝のほうが頭を下げる必要があった。

少女の腕の感触、触れている唇の感触、そして子供特有の甘い匂い。キスをしていい年齢ではない女の子に触れている印象は全身に伝わってきた。

「んふ、こんな近くで見ると、知輝さんの顔が大きく見える」

唇を離すと、意外な発見、という顔でニヤついていた。

「初めて大人の男の人とキスをした感想はどうだい？」

知輝が先手を打った。

「ん……ドキドキしてる。想定内だけど」

父親の言うとおり、生意気な回答だ。だが小さな身体はプルプルと小刻みに震えており、ウソではないようだ。

「ロリコン男にこんなことして、襲いかかられたらどうするつもりなんだ？」

「んふ、それを望んでる、って言ったら？」

やはり生意気な返答。もしかすると知輝の弱々《よわよわ》しい牽制も想定済みなのだろうか。いろいろとシミュレーションして？

正直、激しく勃起していた。目立たないスーツパンツで助かった。

「僕のこの手が、ひよりちゃんのあちこちに触っても？」

二の腕をつかむ手のひらをムニムニと動かした。

「いいよ、いくらでも。痛くなければ」

「ひよりちゃんに痛いコトなんて絶対しないよ」

ムキになった言い方をしてしまった。

自分がなにをしようとしているのかを考え、知輝の心拍数は上がった。

自分がロリコン者だということは、両親や兄弟も知らない。知っているのは中学と高校時代の男子の悪友三人ぐらいだが、就職とともに彼らとも没交渉だ。

「んふ、知輝さん、なんか息が荒い」

「ひよりちゃんをどう襲おうかと思って興奮してるんだ」

「やぁん、こわい」

ひよりはワザとらしく肩をすくめ、軽く握ったこぶしを胸の前で合わせた。

「ほら、僕の手がひよりちゃんの胸に触ろうとしている」

知輝は手のひらを、ワンピースの胸に向けた。

一瞬の沈黙ののち、知輝は薄いワンピースの上から手のひらを軟着陸させた。

「ああん、知輝さんの手、あたしの胸に触れてる……」

容姿や性格と同様、ひよりは声も小鳥のように軽かったが、こんな悩ましげな発声もできるのかとちょっと驚いた。

(小学生の女の子が絶対に出しちゃいけない声だな……)

ワンピースの上からそっと撫でてみると、胸の二つのポッチの感触があった。

乳房のふくらみはほとんどない。いや、まったくないかもしれない。

「これ、ひよりちゃんのおっぱいの先っぽだね?」

「……知らない」

「ひよりちゃん、僕の上に、乗ってきてくれないか」

「乗る？　どういうこと」

「このまま、座ってる僕の足の上に、乗ってきてほしいんだ。ちょっと乗り心地は悪いけど」

ひよりは立ち上がった。質量の乏《とぼ》しい子供の身の軽さだった。

少しでも座り心地をよくしようと、知輝は足を閉じた。

「んふ、ここに座るのね。なんか固そう」

ひよりは少し腰を屈《かが》め、手のひらでお尻を撫で下ろした。ワンピースやスカートで腰掛けるときの自然な動きなのだろう。

「んんっ……」

「やだ、いま知輝さん、ヘンな声出した」

そろえたふとももに乗ったひよりの感触に、思わず声が出たのだ。

軽い。小さい。やわらかい。しかし骨が硬い。一瞬のあいだに、両方の足から未経験の情報が伝わってきた。

「軽すぎて、びっくりしたんだ」

ウソではないが、言い訳くさい口調になってしまう。

「ひよりちゃんの、すごくいい匂いがする。後ろ髪が近いからかな」

艶々《つやつや》のロングの髪に、鼻が触れそうなほど顔を寄せ、強く香りを嗅《か》いだ。

「やん、恥ずかしい……」

「もっともっと恥ずかしいことをするかもなんだぞ」

ひよりは腰掛けたふとももの上で、上半身をぴょんぴょん上下させた。親にねだる幼児のようだ。乗っているのが大人の女性なら、ちょっと足がツラいだろう。

「ほら、シートベルトだ」

知輝は背後から両手を回し、抱きすくめた。

「あは、パパの車でシートベルトするとき、思い出しそう……」

胸圧がないので容易《ようい》に包み込める。回した手の先がまた自分に触れるほどだ。

「ひよりちゃんのお腹、ぽっこりしてる」

「うふん、くすぐったい……」

手のひらで、ひよりのお腹をそっと撫でた。薄いワンピースは肌の感触を生々《なまなま》しく伝えてきた。スレンダーすぎるほどスタイルはいいのに、姿勢によっては、お腹がやわらかくふくらむようだ。まだ幼児体型から脱し切れていないのか。

両手を伸ばし、ひよりの剥き出しの脚に触れた。こんな体勢なのに、ひよりは両膝を行儀よく揃えている。これもふだんの躾のよさのあらわれだろう。

「ひよりちゃん、脚もすごく細いね」

「それ、誰かと較《くら》べてる？」

ひよりのツッコミはいつも唐突《とうとつ》で鋭い。顔つきや表情のソフトさ、物腰の優しさと比較して、えらいギャップがある。

「ずっと前に付き合ってた大人の女の人」

無駄な抵抗だが、小学生の女の子への悪さは初めてだというニュアンスを込める。

「んふ、あたしが子供だから怖い？」

「うん」

「いいのよ。大人の女の人みたいに、好きにしても」

「わかった。恥ずかしくて夜も眠れないようなことしてやろう」

知輝は両手でふたつの膝小僧を撫でた。小さくてかわいいが、オトナのようなケアをしていないので、どこか小ぶりのジャガイモのような感触だった。

「さあ、ひよりちゃん、脚を開こうか」

できるだけいやらしいトーンで言ってみた。ひよりの反応を見るためだ。強がって軽口を叩いているが、少しでも嫌がるそぶりを見せたら、知輝が中座しなければならない。ロリコンを看破《かんぱ》されてはいるものの、十一歳の小学生の言葉に社会人の自分が全乗りしていいわけはない。

ひよりがなにも言わないので、消極的な肯定と捉《とら》えた。

軽くつかんだ二つの膝小僧を、ゆっくりと左右に開いていく。

肩幅ほどに両膝が開いたところで、知輝は白いワンピースの裾を少し上げた。

もともと着座姿勢になると、スカートやワンピースの裾は上がる。

ひよりから否定的な言動がないことをたしかめつつ、ふとももの半分ほどが露出するぐらいワンピースの裾を上げた。

「ほら、こんな恰好で電車に座ると、前に座ってる男の人に中が見えちゃうね」

「……こんなに足を広げて座ったりしないわ」

「想像してごらん。前にオジサンが座ってて、チラチラひよりちゃんのワンピースの中を覗《のぞ》いてる」

「…………」

「これでどうだ？　もう完全に丸見えだ」

さらに足を広げさせ、ワンピースの裾を五センチほど上げた。

「……前に座ってるのが、知輝さんなら、いい」

拗《す》ねたような口調で、ひよりはつぶやいた。

「わかった。大丈夫だよ。僕がひよりちゃんの椅子なんだ。知らないオジサンに見せたりしないよ」

知輝はワンピースの裾を引っ張り、開いた両脚のあいだに押し込んだ。

「ひよりちゃんの脚、お餅みたいだ」

割り開かせたふとももののあいだに手を入れ、内側をそっと撫でた。

「お餅？　ふっくらしてるってこと」

「ちがう。ツルツルですべすべで、もちもちしてるってこと」

「……副詞と形容動詞ばっかり。知輝さん、語彙が少ないよ」

「………………」

副詞と形容動詞は学校で習ったのだろう。しかし「語彙が少ない」という表現を日常的に小学生が使うとは思えない。やはり頭がいい。

そういえば、とちょっと思い出す。

（カラスが肘鉄砲食らう、鳩が豆鉄砲食らう、あれもワザとだろうな。校長先生にツッコませるために……）

禁断の行為に及びながら、知輝はそんなことをふと思った。

「ちょっとぉ、知輝さんの手、撫でながらだんだん奥に入ってるよ……」

非難の口調だが、口元がニヤついているのが声のトーンでわかる。

「おっとっと。もうすぐ、ひよりちゃんのパンツまで届きそうだ」

他人事《ひとごと》のような口調で言ってやった。ひよりはなにも答えない。

「いまの感想は？」

「んー、ドキドキ、かな」

ひよりも突き放《はな》したような客観的な言い方をする。どこまで自分を見失わずにいられるのだろうか。

「あ、僕の手、パンツに届いた」

「…………」

親指の付け根がパンツの裾に触れていた。そのまま股間近くの内股を撫でさする。

「ひよりちゃんのオチ×チン、触ってもいいかい？」

「オチ×チンじゃないよぉ」

どこか本気の抗議の口調なのがおかしかった。

「なんて名前だっけ？　ひよりちゃんのココ」

「オ……オマ×コ」

「ほんとにオチ×チンがないのか、触ってたしかめるぞ？」

「…………」

返事はなかったが、ワンピースの中で知輝は手のひらをお椀にした。そうして、そっとパンツ越しのひよりの性器に触れる。

「あっ……」

ひよりは短い声をあげ、かすかに身体をビクつかせた。自分の足の上に乗せているので、わずかな身体の動きが正確に伝わってくる。

（これが、小学生の女の子の、オマ×コ……）

パンツ越しだが、むろん衝撃と感動は小さくない。いけないない画像で想像するしかなかった女子小学生の性器に、布一枚を隔《へだ》てて触れているのだ。

パソコンのマウスほどの丸みだろうか。指をそろえた手のひらにしっぽりと収まるサイズだった。

「ひよりちゃんのオマ×コ、しっとりしてるね。おしっこ漏《も》らしたのかな？」

努めて平静な声で、ねっとりと言ってみた。

「……漏らしてないよ。それ、おしっこじゃないから」

「おしっこじゃなきゃ、なんだろ？」

非常に珍しく、ひよりが語るに落ちた。口をつぐむひよりに、

「ほんとのことを言ってみ。ちょっと、エッチな気分になってるんだろ？」

「そうかもしれないし、そうじゃないかもしれない」

腹の立つ言い方だが、女子小学生が自分のプライドを懸命に守ろうとする意思が透かし見え、どこか微笑《ほほえ》ましくもある。

「んんっ……んんん」

パンツの上から性器を撫でさすると、ひよりはくぐもった呻《うめ》きを漏らした。過度の刺激を与えないよう、ソフトに、ゆっくり、優しく撫でる。

声圧のない十一歳の喘ぎはこんなに細くて軽い声音《こわね》なのかと、知輝は新鮮な驚きを覚えた。

指の触感からして、パンツはコットンのようだ。何色だろう？　撫でていると、やわらかくてデリケートなふくらみに、女の子の縦線を指先が見つけた。

「ひよりちゃん、ほんとにオチ×チンないんだね」

ナンセンスな言葉を、驚いたような口調でゆっくりと囁いた。

「うん。女の子だもん」

ひよりとも思えない幼い物言いだ。浮いた片脚をプラプラさせている。

ひょっとしてひよりも、大人にイタズラされる幼女のイメージプレイでも楽しんでいるのだろうか。

「どんなふうになってるのかな？　見てもいいって、さっき言ったよね？」

耳元でいやらしく囁いてみる。ひよりは静かに息をつめ、やはり答えない。

「見るだけじゃなくて、ひよりちゃんのオマ×コにキスしたり、ペロペロしたくなるかもしれない」

ほとんど本音だが、ひよりが拒絶のゼスチャーをするかどうか、観測気球の意味もある。

「あたし、さっきね」

苦しそうな小さな声だが、ひよりは少しだけ調子をあらためた。なんだろう？

「学校から帰って、お風呂に入ったの。校長先生が来る前。シャワーだけど」

「ん？」

「お股とかお尻とか……ちゃんと石鹸で洗ったんだよ」

「……それは、なんで？」

撫でさする指の動きをとめないまま、知輝は訊いた。

「知輝さんにこんなことをされるのが、九十九・九パーセント確実だと思ったから」

「…………」

子供らしくない表現であるだけでなく、自分の危ない誘いに知輝が乗ってくることが、ほぼ間違いないという前提だ。知輝の半分以下の年齢の少女なのに。ロリコン者の危険な悲願成就《ひがんじょうじゅ》のさなかに、知輝は本気の苦笑《にがわら》いが漏れた。

「じゃあ、ひよりちゃんのオマ×コ、僕に見せてくれるかな?」

「ほんき?」

思わぬ質問を受け、知輝は一瞬で思考を切り替えた。

「ひよりちゃんがイヤなら、そんなことしないよ。気が変わったのかな?」

ひよりは背中を向けたまま、一秒だけ回答を逡巡《しゅんじゅん》していた。

「……ううん。ちょっと、怖いかな、って思っただけ。大丈夫だよ。んふ、イメージトレーニングするのと、ほんとにやるのとは、やっぱりちがうね。ちょっと緊張しちゃう」

「怖かったり緊張したりするなら、やっぱりやめたほうがよくないか?」

ひよりは答えの代わりに、なんとお尻を左右に振りはじめた。

「んふ、このゴツゴツしてるの、知輝さんのアレよね?」

「んんっ……そう。正しい名前はなんだっけ?」

「チ×ポ、またはオチ×チン。最初に座ったときよりも、あたしのお尻の引っかかりが強くなってるよ」

ひよりはお尻の動きをとめ、股間に触れられている知輝の左手首をつかんだ。

そうして、チュッ、と知輝の手の甲にキスをした。

「あっ、知輝さんのチ×ポ、いま、ビクンッてなった」

知輝はワンピース越しに、ひよりの細い腰をつかんだ。そのまま立たせる。

そうして立ち姿勢のひよりの前で、片膝をついてしゃがんだ。

「知輝さん、いまゴクリって喉を鳴らす音が聞こえたよ」

からかうような声が、頭の上から聞こえた。

つかの間、年齢の上下が逆転したような錯覚《さっかく》を覚えた。経験者の女性と向き合う童貞青年の気分だ。

恐るおそる、という手つきで、知輝は両手でワンピースの裾をつまんだ。

だが少し持ち上げたところで、気が変わった。

「ひよりちゃん、自分でめくってみてくれないか」

「わかった。パッとめくる？」

ひよりは面白がるような声で即答し、問い返した。

「いや、時間をかけて、ゆっくりと」

「ほーい」

ひよりは喉の奥を鳴らし、ころころと笑いながら言った。

膝小僧が見え、ふとももが露出しはじめた。白みが増し、太くなっていく。

「そうだ、脚をちょっと広げて。肩幅ぐらい」

「リクエストが多いね。んふふ、いくらでも聞いてあげるけど」

ふとももは流麗《りゅうれい》なラインを描いて太くなっていく。

「知輝さん、うれしい？」

どこか見下すような口調に聞こえたが、それは文字どおり上から声が聞こえたせいかもしれない。

「うん……大学生のとき、初めて女性と体験して以来のコーフンだ」

「んふふ、あたしまでドキドキしちゃう」

知輝の言葉を字義どおり受け取り、ひよりはじれったいほどゆっくりとワンピースをめくっていった。

ふとももの一番太いところが見えた。膝の位置が高く、足は長い。そして細い。ひよりはどんな姿勢や服装でもスタイルがよく見えるが、それは膝から下のふくらはぎが長いからなのだ。

ふとももの太い部分がやや細くなったところで、パンツの底辺が見えた。白いコットンのパンツで、股繰りに薄ピンクのラインが意匠《いしょう》されている。綿繊維特有のシワが入っており、一瞥《いちべつ》して子供用の下着だとわかる。スタイルのよさを念頭に置くとアンバランスなほどだ。

「シンプルでかわいいパンツだね。でも、ひよりちゃんぐらいの美人だと、そろそろ大人用のパンティが似合うんじゃないかな」

「……買ってくれたら穿《は》く」

「いいとも」

ワンピースはなおも上がり、白いパンツの股間部分に女の子の性器がふっくら浮かんでいた。すっかりめくれ上がると、パンツの腰ゴムが見えた。そこにも薄ピンクのフチ取りの意匠がある
「ひよりちゃん、ワンピースの裾、しっかり左右に引っ張っててな。動いちゃダメだよ……」

知輝は両手でパンツごと、ひよりの腰をつかんだ。

「うわあぁぁ……」

ひよりは笑うようなゆるい悲鳴をあげた。ただ本当に動揺はしているようだ。触れ

た瞬間、下半身がびくりと揺れ、腰をくの字に折った。

「ひよりちゃん、腰を引かないで。自信をもってエラソーに突き出してくれ」

「……えっへん」

どこで覚えたのか、えらく昭和な言葉をつぶやき、ひよりは腰を出してくれた。

パンツのふくらみに顔を近づけた。パンツのコットン繊維と洗濯洗剤の清潔な匂いしかしない。直前にシャワーを浴びているからか。

「……匂いを嗅いじゃ、いやだよ」

「もう嗅いだ。ローズヒップと沈丁花《じんちょうげ》の香りだ」

「ヘンタイだー」

子供らしい非難の声だが、緊張感はさほどない。

「あんっ、やんっ……そんなところに口をつけちゃ……」

唇がそっと触れる程度に、パンツの股間部分に口をつけた。唇を上下させる。

「ああん、くすぐったい……」

「こんなので音《ね》をあげてちゃ、先が保《も》たないぞ」

「ん。ガンバル」

幼児じみたトーンで返事をする。これもワザとだろう。あるいは照れ隠しか。

「やっぱり。ひよりちゃん、ココ、ちょっと濡れてるぞ」

「…………」

「しっとり、ねっとりしてる」

「もう、そんなこと、口に出して言わなくていいの」

ちょっと本気の非難が入っていた。

「まあ、エッチなことを考えると、人間は誰でもこうなるんだ。みんな口に出して言わないだけで」

「……知ってる」

ここが頭のよさの弊害《へいがい》か。「そうなの？」とでも答えれば子供らしいのに。

「ひよりちゃん、パンツ、ずらしてもいいかい？」

パンツの左右の腰ゴムに手をやり、股間に向かって訊いた。

返事が来るまで、たっぷり三秒待った。

「それとも、これは想定外かい？　イヤならやめるよ、もちろん」

「……なんか、不思議なの」

「ん？」

「いつもマンションのエントランスで遊んでくれる知輝さんが、あたしの前で膝を折って、そんなことしてるなんて……」

「想定内って言ってなかったか？」

「さっき言ったけど、思ってても実際に見るのはやっぱりちがう。予想どおりすぎて驚いてるのもあるし」

さよけ。

「で、どうなんだ？　イエスかノーか」

「もちろん、イエス！　さっきシャワーから出るとき、『このパンツ、たぶん知輝さんに脱がされるんだ』って思ってたもん」

強がりもあるだろうが、存外に元気な返事が頭の上から聞こえてきた。

「よし。じーっくり時間をかけて、パンツを脱がせるぞ」

「えー、パッと脱がせてほしい……」

「ダメ」

ちょっとだけ羞恥の本音が見える声だ。

パンツの腰ゴムをゆっくり下げていく。背の高い子供パンツがローライズのようになり、女の子のふくらみの始まりが見えてきた。

（普通なら、このあたりで恥毛が見えてくるんだけどな）

恥毛が現れないまま、ひよりの性器が見えてきた。

きれいなYの字を描いており、真ん中に控えめなスリットが走っている。小陰唇のはみ出しなどもなく、シンプルな一本線だ。クリトリスを包む皮もつくりが単純で、先端が小枝のように細く二つに分かれていた。

パソコンのマウスよりやや小さいふくらみだが、目を凝《こ》らしても毛穴さえない。下腹部と同じく、あたたかい白色だ。

「ホントだ。オチ×チンがない。これを、なんて言うんだっけ？」

「……オマ×コ」

聞き慣れた女子小学生の声で聞く四文字は、ひどくシュールな響きだった。

パンツをなおもずり下げていく。股間で引っかかり、裏返ったパンツは富士山のような形になった。全裸よりも背徳感の強い眺めだった。

「ほらぁ、ひよりちゃんのオマ×コ、濡れてヌルヌル光ってるぞ」

「…………」

「これ、どんな味がするのか、舐めてみてもいいかい？」

「……知輝さん、いま自分がどんな顔してるか、知ってる？」

予想外の返しに、言葉が詰まった。しかし一瞬で切り替える。

「知ってるよ。イケメンの男性が、ひよりちゃんの頭の下にいるんだろ」

「……当たり」

パンツを、ふとももの半分ほどのところまでずらした。

頭を後ろに下げ、全体を視野に収めた。犯罪臭がプンプン漂《ただよ》う光景だ。いたいけな少女に悪さをしている実感が強く湧《わ》き、背筋が寒くなった。

「ひよりちゃん、お尻もすごく小さいね。それに、やわらかい」

両手を腰から後ろに回し、二つの尻肉をそれぞれ優しくわしづかみにした。

「あん、知輝さんの手、大きい……」

「お父さん……知念部長の手とどっちが大きい？」

「パパはこんなこと、しないよぉ」

子供らしい非難の声だった。

お尻を揉み込みながら、手前に引いていった。

「ほら、またへっぴり腰になってる。これじゃオマ×コを味わえないよ」

「味わう、って……」

小学生女児の性器など、保存してあるいくつかのイケナイ画像のほかは見たことがない。現物をほぼゼロ距離で見つめると、幼いつくりなのにずいぶん迫力があった。

少女の細い腰を、しっかりとった。

(スタイルがいいのに、腰回りはまだこんなに細かったんだ)

まだやせっぽちだが、おそらくあと一年もすれば第二性徴期が始まる。全身が丸みを帯《お》び、骨盤がふくらみ、劇的に女性らしい体型になるのだろう。

「ああ、ひよりちゃんの、オマ×コ……」

万感の想いが声に出てしまった。顔を近づけ、唾液でたっぷり濡らした舌を出す。

性器の下に舌先を当て、縦線に沿って、ゆっくりと舐め上げた。

「ああっ……ああんっ!」

震えた嬌声《きょうせい》が頭の上から聞こえてきた。強がりや子供らしくない皮肉な調子は微《み》塵《じん》もない。妙齢の女性がベッドの上でしか出さない声音だった。

「ひよりちゃん、パパと校長先生に聞こえちゃうよ」

半分は本気で、半分は冷やかしの忠告だ。

ひよりは重ねた手のひらを口に当て、肩をすくめてつらそうに目を閉じていた。

「おいしいよ、ひよりちゃんのオマ×コ。こんなすてきなものを、いつもパンツの下に隠してたんだね」

かすれた高い声で言う。ひよりに聞かせるだけでなく、自分自身で変態トークを楽しんでもいた。

ひよりは上半身を後ろに反《そ》らせていた。せめてつかまれている腰以外だけでも逃れようとしているかのようだ。しかし結果的に性器を舐めやすい姿勢になっている。

「中からエッチなお汁が、じくじくあふれ出てるよ……」

「やん、言わなくていいって言ってるのに……」

知輝へのいつものからかい口調はすっかり潜め、初めて性的体験をする弱気な女性そのままの声だった。

唇を舐め濡らし、口を大きく開けた。楕円《だえん》体の女性のふくらみ全体を口に含む。

「ああん……知輝さんのお口、なまあったかい……」

どこか笑いも含んだ声だ。

「くすぐったいかい？」

「うん……なんか、あったかいこんにゃくを、アソコに当ててるみたい」

なんという表現だ。

「やったことあるのかい、そんなこと？」

性器を舐めつつ、ちょっと素《す》の声で訊いてしまった。

「ないっ、ないよ！　そんなこと」

ひよりは肩をすくめたまま、胸の前で手を振った。

「うちのママ、こんにゃくが好きで、ときどきお夕食に出るから……」

例えとして頭に浮かんだというのか。

「こんにゃくに僕が負けるわけにいかないな」

「やってないってば……」

再び性器を口に大きく含み、そうして舌で上下に縦線を舐めほじった。

「ああっ、あああんっ！」

より高い嬌声が喉の奥から漏れ、途中で気づいたひよりは慌てて手を口にやった。

（エッチな声だけど、やっぱり細くて頼りないな……）

声圧のない女子小学生にこんな声を出させている実感が、じわりと湧いてくる。

性器から顔を離し、手を伸ばして腰回り全体を見た。

中途半端にずらされた白いパンツは、膝の上で左右に引っ張られ、キツそうな横線を刻んでいた。

「おいしかったよ、ひよりちゃんのオマ×コ。これからも舐めたいな」

「……いつでも、どうぞ」

ひよりはパンツをずり上げながら、頼りない口調で約束した。

パンツを上げワンピースの裾を戻すのを待ってから、知輝はワザとらしく言った。

「あれ？　ひよりちゃん、まだ終わってないんだけど」

「え？」

「もう一カ所、ぜひ舐めてみたいところがあったんだ」

「……どこ？」

知輝は片手を添えて、ひよりの小さな耳に囁いた。

「お尻の穴。コーモン」

ひよりは一瞬肩をすくめ、目に見えてブルっと震えた。

「イヤならいいけど。でも、シャワーでそこもきれいに洗ったんだろ？」

「うん……まさかと思ったけど、念のために」

無意識だろうか、ひよりはワンピースの上からお尻に手を当てた。

「よし、ひよりちゃん、背中を向けて、椅子の座面に両手をつけてくれ」

デスクよりも椅子の座面のほうが位置が低いからだ。お尻を突き出すのに、上半身が低いほうが都合がいい。

「そう。そのまま背中を落として、お尻だけを突き出してくれ。いいかい、ワンピース、めくるよ……」

女子のスカートやワンピースをめくったのは、それこそ幼稚園以来だろうか。付き合ってセックスした複数の女性とも、こんなプレイはしていない。

(ドキドキするもんだな。さっきオマ×コまで舐めたのに……)

ワンピースの裾をつまみ上げながら、女児の性器舐めとは別種の、子供じみた背徳感を味わっていた。

すっかりめくり上げ、裏返ったワンピースを背中に置いた。

「もっと背中を落として。お尻だけツーンと高く」

「ツーンて……」

ぼやきながらも、ひよりは即座にそのとおりにしてくれた。

「いいね、お尻が張ってパンツのシワが消えてる。どんな気分だい?」

「頭隠して尻隠さず。きっとこんな状況を言うんだね」

「いや、ここまで文字どおりじゃないと思うぞ……」

なぜか自分のほうが弱気な返事になってしまい、おかしかった。

股間を包むクロッチの縫い取りもお尻の割れ目に食い込まず、きれいな扇形《おおぎがた》になっていた。

両手をお椀にして、二つのお尻に触れた。

「やだぁ、知輝さんの手、チカンさんみたい」

「痴漢に遭《あ》ったことあるのかい？」

手の動きがとまった。こんなことをしていながら、ちょっと親目線で訊いてしまう。

「ないけど」

コットン独特の繊維のざらつきが手のひらに滑《すべ》る。

（お尻、小さい……小さすぎる。イメージＡＶとはちがう……）

背の低いＡＶ女優に子供服や小学校の制服もどきを着せた、いわゆる疑似ロリ。

いくつかのレーベルのものを見てみたが、どれもウソくささがつきまとい、没《ぼっ》入《にゅう》することはできなかった。いわく、背が低く童顔でも、ふとももが太い、乳首が完成している、大人の女性の脂肪がついている……。

（パンツ越しのお尻のサイズだけでも、本物の子供だとわかるよ……）

「あのー、お尻に知輝さんのすごい鼻息が吹きかかってるんですけど」

「これは失礼。ジャスミンとカルダモンの香りがしていたもので」

「……おバカ」

お尻の穴の近くで、匂いにまつわる会話は避けたいだろう。

「パンツ、脱がすよ」

「って、もう下ろしはじめているではありませんか」

おかしな丁寧語でツッコんだ。これもひよりにしては珍しい。

両手で腰ゴムをつかみ、ゆっくりと下ろしていく。

「ほぉら、かわいいお尻が見えてきた。プリンプリンだね」

「…………」

知輝は両手のひらをお尻に当て、そっと撫でた。

「おっ、つるつるのお尻がざらついたぞ？　いま鳥肌立てただろ」

「……くすぐったいもの」

「ほんとは気持ちいいんだよね。誰にも言わないから、正直に言ってごらん」

ワザと優しい口調で、いやらしく言ってみた。

「……まだ気持ちよくない」

「…………」

知輝のほうが口をつぐんだ。自分の負けだ。

小ぶりの白いお尻を、表層に触れる程度の力でそっと撫でる。

「ひよりちゃん、お尻の力を抜いてくれ。閉じよう閉じようとしてるだろ」

「ん……アソコよりも恥ずかしいかも」

大昔、意識低い系の雑誌で読んだことを思い出した。女性は性器より肛門を見られるほうが、羞恥心が高いという内容だ。なんとなくわかる気がしたものだ。

知輝が外側に広げるように撫でるのに合わせて、ひよりはじつに仕方なさそうにお尻の力をゆるめた。

現れた十一歳の少女の肛門。色素沈着が薄く、ほんのりピンク色だ。縦長の控えめな集中線だった。

「やだ……お尻に顔を近づけてない？　知輝さ——ひああっ！」

怖れのにじむひよりの質問は、途中から高い悲鳴に変わった。

知輝が肛門に顔を寄せ、唾液に満たした舌を伸ばして、肛門を舐め上げたのだ。

本能的な動きだろう、瞬間的に前に逃れようとしたお尻を、知輝の両手ががっちりとつかんだ。

「ひよりちゃんのお尻の穴、とってもオイチイ」

おバカっぽい口調で言う。もういちど舌先に強く力を込め、舐めほじった。

「あんっ……あああっ、いやっ、そんなとこ……！」

「ここまでされることを想定して、お尻も洗ったって言ってただろ？」

「んんっ……いちお、予想はしたんだけど……まさかここまでしないとも思った」

正直で正確な分析を、たどたどしく口にした。

（クンニリングスとはちがう迫力があるもんだな……）

自分の頬に、左右の白いお尻が強く触れている。しかし邪魔ではなく、頬に優しい触感だった。

「ほんとに？」

「僕も、告白しよう。女の人のお尻を舐めたのは、人生で初めてだ」

短い問い返しには、どこかうれしさがにじんでいた。

「……これから、言ってくれれば、いつでもいいよ」

「一日中、ひよりちゃんのアソコとお尻を舐めつづけていたい……」

「お……お手洗いはどうするのよっ」

ひよりらしくない、偏差値の低そうな質問だ。

「小だけなら、僕が口で受けとめてもいい」

「………」

ひよりはすぐに答えない。ドン引きしたか。

「……それは、こんど、やろ。さすがにいまは、心の準備ができない」

おしっこを飲まれる状況を想像しながらだろうか、言葉を区切って答えた。

「ああ、大満足だよ。ひよりちゃんのお尻」

知輝は顔を離し、褒めるように白いお尻をぺちぺちと軽く叩いた。肉厚がなく、むしろ骨ばった印象なのに、お尻の肉は水風船のように瑞々《みずみず》しくたわんだ。

立ち上がり、こちらを向いたひよりは、色白の顔をやや赤く染めていた。羞恥心と、頭を下げた姿勢のためだろう。

「こんなこと初めて……お風呂の脱衣場じゃなくて、自分の部屋で何度もパンツを上げ下げするなんて……」

ワンピースの裾をまくり、パンツをずり上げながら、ひよりはつぶやいた。異様《いよう》な体験に声は高くかすれている。

ひよりは目を細める独特の優しい笑みを浮かべ、知輝を見つめた。

「さあ、次は知輝さんの番ね」

「ん？」

「こ・れ」

「んあっ!?」

知輝を見つめながら、ひよりは正確にズボンの中の屹立《きつりつ》した男根をつまんだ。不意打ちだったので、情けない声が漏れてしまった。

「んふふ、すごく硬くなってた。ちょっとつまんだだけで、すぐにわかったもん」

「なんて名前だっけ？　隣の部屋の、お父さんと校長に聞こえるぐらい元気な声で言ってみな」

ひよりは両手でメガホンをつくり、目と口を開け、大きく息を吸い込んだ。

ちょっと待て、という前に、口の形だけはっきりと、

「ちー×ーぽぉー」

と囁き声で言った。

「びっくりさせるな」

「んふふ、実行不可能な命令をするほうが悪い。八甲田山《はっこうださん》と同じ」

……ほんとに小学生か。

「えっと、僕はこれを放り出せばいいのかな？　トイレで小をするみたいに」

知輝はスーツパンツの上から人差し指を股間に向けた。

「待って。あたしがやりたい」

知輝の前でひよりは片膝をついた。さっきと逆だ。ワンピースの裾から膝小僧が見えているが、内奥まで見えることはない。

「ズボンの上にある、つまみを下ろすんだ」

「ファスナーの下ろし方ぐらい知ってます」

「失礼しました」

「んふ、んふふふ」

細くて白い指でファスナーのつまみを取ると、ひよりは目を細めて笑った。優しそうなイノセンスな笑みが、妙に小悪魔的に見える。

「どうした？　気色悪い笑い方して。珍しい」

「ふんだ。知輝さんがあたしのワンピースめくるときも、こんな顔してたもん」

「あの姿勢で見えるわけないだろ」

「簡単に想像できる。そしてその想像は正しい」

ゆるぎない断定口調に、二の句が継げなくなってしまう。まだ十一歳なのに……。

「これ、下ろす前からパンパンだね。窮屈《きゅうくつ》じゃないの？」

「そういうときは、もぞもぞ触って正しいポジションに収める」

「なるへそ」

「……どこでそんな言葉を覚えた？」

「昭和のアーカイブ映像。おもしろいよ。ドリフとか」

ファスナーを下ろしていき、知輝のボクサーブリーフが見えてくると、ひよりの軽口はとまった。一番下まで下ろす。

「……すごぉい。中からパンツごとはみ出ようとしてるみたい」

屹立に押され、開いたファスナーからボクサーブリーフが突き出ていた。

「ブリーフの窓を開いたら、ひよりちゃんに襲いかかっちゃうかもだぞ」

「あは、ちょっと怖いね」

ひよりがブリーフの上から指で屹立をつまんだ。やはり予想していなかったので、

「んんっ」と呻きが漏れてしまった。

「ほらほら、へっぴり腰になってるぞ。堂々と突き出しなさい」

知輝の口調を真似、腰を手でポンポンと叩いた。からかわれている。

張り出したブリーフを見つめたまま、少しひよりの動きはとまっていた。

「僕が自分で出そうか？　トイレみたいに、一秒もあれば出せるぞ」

「ダメだって。あたしがやるの」

オモチャを取られまいとする子供のようだ。

ブリーフの前面のいわゆる社会の窓は、外から女性が開けるにはやや難しいかもしれない。ひよりは細い腕で左右に肘を張り、手術で用いる鉗子《かんし》のように両手の指でブリーフに取り組んだ。

「そんな渾身《こんしん》の力を込めなくても大丈夫なんだけどな」

「ちょっ……いまあたしの指に、なんか熱いのが当たった」

「ほら、飛び出すぞ。避難しろ」

こっそり腰を引き、勃起ペニスの切っ先が出やすくした。

結果は予想以上だった。

ビロンッ、と跳ね出たペニスは、切っ先ににじませていた先走り液を、ひよりの顔に撥《は》ねたのだ。

「やぁん！　毒液が顔に飛んだ！」

ひよりは子供が泣くように両手のこぶしで顔をこすった。

「それ、お肌の美容にいいらしいぞ」

ピンッ、とペニスを指で弾《はじ》かれた。

「……ふつう、顔をひっぱたくとかだろ。チ×ポを弾く女子小学生がどこにいる」

「知輝さんの目の前の、美しい女性がそうよ」

自分で言う。経験のない性的な接触で、ふだん表に出ないひよりの地が出ているのだろうか。

「さあ、気を取り直して」

ひよりは笑みを取り戻し、勃起ペニスを真正面に見据《みす》えて両手をかまえた。

好奇心に薄く口を開け、両手で包むようにして顔を寄せた。

そのときだった。

「ひより、校長先生がお帰りになるぞ」

扉の向こうから知念の声が聞こえた。パタパタとゆっくりしたスリッパの音が近づいてくる。

「それ、しまって！」

ひよりが小声の早口で言い、扉に向かった。

勃起男根を収め、ファスナーを上げ、シャツの裾を整えたところで、ひよりが扉を開けた。小学生の娘といえど、父親は勝手に扉を開けたりしないのか。

「山根君、娘の相手をすまんかったね」

「いえ……ふだん子供の相手をしないので刺激になりましたよ」

暗喩《あんゆ》の意図《いと》はなかったが、そんな言い方になってしまった。

「私なんか娘をどう扱っていいのか、そろそろわからなくなってる」

「これからが本番ですよ、知念さん」

後ろにいた校長が笑いながら言う。

校長を玄関まで見送ると、知輝も暇を告げた。十一歳の少女の私室にいつまでもいるのはヘンだ。

「じゃあ、知輝さん。続きは、またこんどね」

玄関でひよりが言うと、知念が娘と知輝を交互に見た。

「ん？　なんの続きなんだ？」

「決まってるじゃない。寝台列車の修学旅行の話よ。ね？」

ひよりは目を細めて優しく笑い、手を振って知輝を見送った。

第二章　幼いつぼみの誘惑

知輝の会社は消極的なフレックスタイム制を採《と》っている。たまにだが、本来の終業時間の午後五時よりも早く帰れることがあった。

その日、首尾《しゅび》よく午後四時過ぎに退社した知輝は、家路《いえじ》を心持ち急いでいた。ひよりの友だちの、そらが待っているというのだ。

水木そらは知念ひよりと同じクラスの六年生で、同じマンションに住んでいた。

(二カ月ぐらい前だったか。小学生の女の子に急に話しかけられたんだ……)

慕《した》われるのはむろん悪い気はしないのだが、自分自身どこか小学生が気を許して近づけるようなゆるい空気感でも漂わせているのだろうか、とも思う。

エントランスで最初に声をかけてきたのは、そらのほうだった。

知輝が自宅に入る前、ソファを設《しつら》えた大型のエントランスで会社の資料を呼んでいたときだ。早く帰れたときは、自宅に入るのがなにかもったいない気がして、広いエントランスで会社の資料を眺めながらくつろぐことがあった。

その少女は、同じマンションでたびたび顔を合わせるので、会釈するぐらいには知っていた。むろん名前などは知らない。

このマンションの人ですよね、とひよりといっしょにいたそらが話しかけてきた。

それ以降、二人の女子小学生に妙になつかれ、学生時代の趣味だったマジックなどを即興で見せてやり、小学校での話を我慢強く聞いてやったりした。

知輝の仕事を知ると、二人とも興味を持った。企画中のコマーシャルフィルムのセットの図面などを見せたりすると目を輝かせた。

(ひよりちゃんも人が悪いぞ。お父さんと話してて、僕が外注先の担当だって知ったんだな)

そのときの、ひよりの驚きとニンマリした期待は容易に想像できた。

(あのころから、こんなイケナイことを考えてたのか……)

サプライズ的に知念と小学校校長に引き合わされた日を思い出す。

あれから数日が経っていた。

ひよりの私室に招かれ、十一歳の少女と犯罪的接触をしたことは、なにか他人の記憶のように現実味が感じられなくなっていた。思い浮かぶ、ひよりの顔や肢体《したい》、性器やお尻の穴などは、パソコンに保存したイケナイ画像と記憶の抽斗《ひきだし》がごちゃ混ぜになっていた。

だが、あの記憶は紛《まぎ》れもなく自分自身の体験なのだ。そう思うと、背筋に冷たいものが走ると同時に、股間が熱く充血するのだった……。

あの日の夜、スマホにJRRの知念部長から電話があった。ふだんなら、クライアントからのそんな時間の電話は嫌な予感しかしない。だが、なんとなく、ひよりがバックにいるような気がして通話にすると、果たしてそのとおりだった。

『山根君、こんな時間にすまん。うちのひよりのやつが、山根君と通信アプリを交わしたいと言ってるんだが、君の電話番号を教えてもいいかね?』

いいですよ、と返答すると、しばらくしてひよりから電話があった。

通信アプリで早く家に帰れる日はいつか、とひよりに問われ、日にちを告げると、

『だいたい五時ごろだね?　あたしはその日は塾があるから。そらがエントランスで待ってます』

そんな返事が、ひよりから来た。

マンションのオートロックを開けると、広いエントランスホールのソファに、近隣

の小学校の制服を着た少女が腰掛けていた。

そらだ。

宿題をしているのか、スマホではなく教科書らしきものを見ている。

「あっ、知輝さん」

そらが顔を上げ、パッと笑みを浮かべて立ち上がった。

白いブラウス、ヒダのついた紺の吊りスカートで、黄色い学帽と赤いランドセルはソファに置いている。

「ここで僕の大切な依頼主が待ってるから、って、ひよりちゃんに聞いたもんで、慌ててやってきたんだ」

「そう。わたしがクライアント。うふふふ」

知輝の仕事のことは知っているので、そんな返し方をしてきた。

「ここで会うときは、いつもひよりちゃんといっしょだからな。そらちゃんだけだと寂しそうだ」

「ううん。わたしも学校から帰ってそろばんに行って、そのまますっきここに着いたの。知輝さんが来るのがわかってたし、寂しくなんかないよ」

満面に笑みを浮かべ、そらは几帳面《きちょうめん》に答えてくれた。

「それに、いつもひよりといっしょにいるわけじゃないよ。知輝さんが早く帰ってくるとき、たまたまひよりといることが多かっただけ」

そうなのか。聞けばそれぞれに塾や英語、水泳やそろばんなどで放課後も忙しく活動しているらしい。

「たまたまじゃなくて、今日は僕に会う理由があるってこと？」

「うん！」

来年は中学生なのに、そらはじつに小学生らしく、大きく首を縦に振った。

ロングの黒髪と細面の顔立ち、垂れ目気味の優しい相貌《そうぼう》など、パーツを切り取ればひよりと共通点は多いが、全体から受ける印象はずいぶん異《こと》なる。

ひよりに比べ、そらはふっくらしていた。おデブちゃんではない。肉感的なのだ。

首も腕もふとももも、スレンダーすぎるひよりに比べて、ほんの少しタプタプしている。ふたりとも胸のふくらみはまだ端緒《たんしょ》にもついていないが、そらはやや乳房の発達らしいものが、小学生の白いブラウス越しに見えている。

知輝はエントランスのソファにそらを導いた。

わずかな距離なのに、そらは触れ合わんばかりに身体を寄せていた。

「で、僕に話とは？」

隣に座ったそらは、眩《まぶ》しいものでも見るように目を細め、弱々しさと紙一重《かみひとえ》の優しい笑みを口元に浮かべた。二本の白い前歯が可愛らしい。

「まずね。わたしと通信アプリの交換したいんですけど」

「いいよ」

と知輝は即座にスマホを取り出し、アドレスを交換した。

「これで終わりなら、交渉は楽勝なんだけどな」

「まだまだ。これで三分の一です」

「ということは、あとふたつあるのかい？」

「そう！」

うれしそうに身体を揺らした。じつに子供らしい反応だ。

そらからは、ひよりとは異なるいい匂いがしていた。整髪料や制汗剤はそれぞれちがうのだろう。

だが二つ目の「依頼」を聞いて、知輝は難渋《なんじゅう》を示した。

「お仕事終わったんですよね？　いまから知輝さんのお家にお邪魔しちゃ、ダメですか？」

黒目の大きい垂れ目で、上目遣いにそう訊いてきたのだ。

「それは……ちょっと具合が悪いだろ。同じマンションでも、君の両親の知らない男の人の家に行くなんて」

「そこで、三つ目のお願い」

そらは目を見開き、大きめの口で笑って人差し指を立てた。

「んん？」

「いまから、わたしの家に行ってほしいんです。玄関まででいいの。ママとちょっと顔を合わせるだけだから」

「えっと、それもちょっと……小学生の君に連れられて、サラリーマンの僕が挨拶に行く理由がないだろ」

「あるわ。修学旅行を企画した人なんでしょ？　いつも知輝さんのことをママに行ってるし、こないだひよりの家に行って校長先生と話を詰めたって言ったら、ママ、すごく驚いてた」

「………」

なんだか、えらいキーマンにされているらしい。

「うふ、じつは知輝さんがちょっと顔を出すかもしれないって、ママに言っちゃった。だから、急に来ても驚かないよ」

眉までハの字にした上目遣いなのに、してやった感が小さな全身から漂っていた。

「……そこまで考えてたのか。知能犯だな」

「うふふ、行こう」

そらは立ち上がり、知輝の手を握った。

ふっくらした白い手で、あたたかかった。

「こんなとこで小学生の女の子と手をつないでたら、通報されちゃうよ……」

「そんなことするの、ヤキモチ妬《や》きのヒマ人だけよ」

優しそうな顔をして、あんがいキツイ言い方をする。

（そらちゃんの手、まだ子供の形だな……）

これまでエントランスで二人の少女に絡《から》まれているあいだに、二人の手のひらのちがいがなんとなくわかっていた。

指がふっくらと白く、手のひら自体が小さい。いわゆる白魚《しらうお》のような手だ。

ひよりの手のひらは全体が細長く、女性的で指先までシャープだった。

「なんか緊張するよ。いきなり、そらちゃんの家に押しかけるなんて」

「あら、ひよりの家には堂々と入ったんでしょ？」

「あれは仕事で知念さんに呼ばれたからだ。家にひよりちゃんがいるんで、びっくりした。小学校の校長先生までいて、頭がハテナマークでいっぱいだったんだぞ」

「わたしたちに興味がないから、そんなことになるの。知念なんて珍しい苗字だから、知ってたらピンとくるはずだったのに」

わりと子供らしい勝手な主張だ。

「まあ、それはひよりちゃんにも言われたけどな」

手をつないで歩いたまま、そらは思いついたように知輝を見上げた。

「私の苗字、知ってます？」

「知ってる。水木さんだ。水木そらさん」

「うふ、うれしい。学習したんですね」

「さっき通信アプリで交換したときに見た」

「あー、そっか。くやしい」

エレベータに乗る。そらは歩いていける別棟《べつむね》の三階だった。

「同じマンションだけど、ここには来たことがない。ドキドキするな」

そらは身体が触れるほど知輝に近づいていた。

「なあ、狭いハコだけど、あと三十センチ離れられるだろ？」

「ねえ、ひよりと、なにかしたんですよね？」

ちょっと鼻にかかるかわいい声が、急に蠱惑《こわく》的な響きを帯びてきた。

正直、怖れていたことだった。ひよりとそらは仲がいい。あんな体験を黙っているとは思えなかった。もともと子供とは口の軽い生き物だ。あとで、それとなく釘を刺したほうがいいかもしれない……。

「ひよりちゃんの部屋で、ブルートレインの修学旅行の話をしたんだ。そらちゃんも僕の部屋でそうするつもりなんだろ？」

そらは、うふふ、と笑いながら爪先立ちになり、片手を添えて知輝に耳打ちした。

「パンツ脱いだり、アレを舐めたりしたら、話がはかどるんだよね」

こらこら……牽制の言葉を探しているうちに、チン、とエレベータが開いた。

「ここだよ」

どこまでも手をつながれ、引っ張られるようにして知輝はある部屋の扉に来た。

そらは「ちょっと待ってて」といい、扉を開けてドタドタと中に入った。

「ママ、山根さんが来てくれたよ」

二人の足音が聞こえてきて、そらとよく似た、人のよさそうな婦人が現れた。

「はじめまして。山根と言います……」

セールスや交渉ではないので、会社名を出すのはおかしい。さほど有名な会社ではないが、社名のバックボーンに頼れない自己紹介は心細かった。

「ああ、あなたが山根さん。いつもうちの娘が、お世話になってます」

初対面の警戒心は、最初の一秒ほどですぐに消えたようだ。

「うちの子たちの、修学旅行のプロデューサーなんですよね？」

「いえいえ、そんなたいそうなものでは……」

知輝は慌てて手を振ったが、母親の目にはわかりやすい憧憬《しょうけい》が表れていた。

「お母さん、いまから知輝さんのお部屋に遊びに行っちゃダメ？」

こちらも、わかりやすい「おねだりする子供の顔」だった。

「ダメよ。ご迷惑でしょう」

「僕はかまいませんよ。今日の仕事は終わってますし」

母親に乗《じょう》じて断ろうと思えば断れたのに、そうはしなかった。

「じゃあ……お夕食までに帰ってくるのよ」

そらと知輝を交互に見て申し訳なさそうに言う。

「そうだ、僕の名刺を渡しておきます。同じマンションですぐ近くだけど、心配なら連絡ください」

二人で知輝の部屋に向かう。

そらは知輝に腕まで絡めてきた。

「おいおい……」

「うふふ、べったりくっついてるカップルっていますよね。周りは引くんだけど、なんとなく気持ちわかる」

よく笑うのだが、ひよりよりも声が低い。ときどきコロコロと喉を鳴らすようなトーンが混じる。

(ひよりちゃんよりも、男性に媚《こ》びるのがうまい女性になりそうだな)

心の中で、下世話な未来予想をした。

数年前の二十歳前後のころまで、知輝も付き合っていた女性とこんな距離感で往来《おうらい》を歩いたことがある。いま考えればなかなかイタい黒歴史だ。

(絡まれてる腕が細い。それに、頭の位置もやっぱり低いな……)

つい大人の女性と較べてしまう。子供にじゃれつかれているような感覚しかない。

「わたしも、同じこと言っていいですか?」

「ん?」

「同じマンションなのに、こっちに来るのは初めて。ドキドキする」

エレベータに乗ると、そらは言った。腕を絡ませたまま知輝を見上げ、ニンマリと笑っている。

すべてが控えめな印象のひよりに較べ、そらは顔のパーツがそれぞれ大きめだ。証明写真など表情のない状態では、ひよりとそらは垂れ目で優しいまなざしや、圧のない雰囲気など非常によく似ている。しかし口を開いてものを言い、物腰や仕草を比較すると、醸《かも》し出すオーラがずいぶんちがうことに気づく。

オーバーな括《くく》りをすれば、ひよりは深窓《しんそう》の令嬢、そらは下町のマドンナだ。

「さあ、どうぞ」

「おじゃまします……」

扉を開けて招じ入れると、高い声をかすれさせた。

まっすぐリビングに行き、ソファを勧めると、そらは背筋を伸ばして腰掛け、閉じた膝に両手を置いていた。黄色い学帽と赤いランドセルは自宅に置いていた。

喜んで来たが、さすがに緊張しているのかと思ったら、キョロキョロ周りを見渡して、予想外のリクエストをしてきた。

「ねえ、家じゅうを探検してみたいんですけど」

「あー、ちょっとあとにしてくれ。見られるなら少し片づけたい」

そらは顎を引き、上目遣いに知輝を見た。イタズラを仕組んでいるようでもあり、叱られるのを待つ子供のようでもあった。

「うふ、エッチな本とかでしょ？」

両手で口を隠すようにしながら、そんなことを言う。

「ちがうよ。ほんとに散らかってるんだ」

ムキになってしまう自分が情けない。知輝は、じっとそらを見つめた。

「どうしたの？　私の顔に、かわいいって書いてありますか？」

「……この家に小学生の女の子がいるのが、なんか不思議だなって思ったんだ」

「んふふ、カノジョいない歴何年ですか？　わたしが久しぶりにこの家に入った女の子なんですね」

カノジョいない歴、などくだらない言葉をどこで覚えたのだろう。

「ちがうって。この家に小学生がいるのが初めてなんだよ」

小学生と同じ目の高さで話している自分に気づき、知輝は格好悪く咳払いした。

「なにか飲むか？」

「あ、それなら先に手を洗ってうがいをしたいです」

立ち上がったそらに、「洗面台はそこだ」と手で示した。

「知輝さんも、手洗いとうがいをしてください」

戻ってきたそらに指示されてしまった。逆らう理由はないし、自分もふだんからしていることなので、生返事をして洗面台に向かった。

そらは掛けてあるタオルを、そのまま使ったようだ。よく知らない男性の家のタオルを使うことに抵抗がないのだろうか。

リビングに戻ると、そらはまっすぐ立ち、紺の吊りスカートの前で両手を軽く組んでいた。顎を引き、口を引き締めて笑みを浮かべている。

「どうした？　あらたまった顔して」

「うち、お夕食までたぶん、あと四十五分ぐらいです」

「ん？」

「だから、時間を無駄にしたくないの。知輝さん……ヘンなこと、したいです」

直球で言った。なるほど緊張するはずだ。そらは続けて、

「ひよりみたいに。それと、ひよりとちがうことも」

軽く握ったこぶしを口にやり、喉を鳴らせた。

「最初に釘を刺しておこう」

そらは垂れ目を見開き、両手で釘を打ち込む仕草をした。

「……ひよりちゃんにしたことは、はっきりと犯罪なんだ。たぶん、そらちゃんが思

っているより、ずっと重い。それに、もう少し大きくなったら、絶対に思い出したくない黒歴史になると思う。僕も軽はずみにヘンなことをしたけど、ひよりちゃんを叱ってでもやめるべきだったんだ」

そらは片肘を張って手首に視線を落とした。嵌《は》めてもいない腕時計を見る動きだ。

「いまので十二秒ロスしました。コトを急ぎませんと」

ドラマか何かで覚えたのか、社長秘書のような口ぶりで言う。

底の浅い牽制でひるむ様子はなかった。それこそ怒ってでもやめさせないといけないのだが……。

ふと、そらの言葉に引っかかりを覚えた。

「ひよりちゃんとちがうことをしたいって、どういうことだい？」

ふふん、とそらはいたずらっぽく笑う。

「ひよりにやったのは、どんなでしたっけ？」

「……死ぬほど恥ずかしいことだぞ。パンツを脱がされて、とんでもないところをじっと見られてペロペロ——」

そらの気持ちや表情の変化を見ようと、自身の犯罪行為を早口で言った。

そらは手のひらを向け、制止してきた。子供らしい小さくて白い手だ。

「それなんだけど、わたし、ひよりみたいにシャワーを浴びてないんです。朝から何度かお手洗いにも行ってるし……」

そう言って初めて、バツが悪そうに視線を落とした。

「つまり、お股の近くに顔を近づけられたくないと？」

叱られた子供のように、コクンと首を下げた。

「でも、その代わり」

そらはパッと顔を上げ、満面に笑みを浮かべた。太陽のような笑顔だった。

「ひよりよりも……ちょっとはあると思うから」

表情のわりには言葉の歯切れが悪い。そらは胸を突き出していた。つまり、

「ひよりちゃんよりも、おっぱいは育ってると？」

「うわ、知輝さん、ロコツ」

緊張の糸がつかの間途切れたように、小さく身体を揺らして笑った。

「こんなオジサンの手で、おっぱいを触られてもいいのかい？」

知輝はお椀にした両手を、そらの胸に近づけた。

そらは不安そうな笑みを浮かべたまま動かない。

六年生で背が高いと言っても、まだ小学生の身長だ。ひよりよりはふくよかだが、

胸圧や肩の丸みのなさ、全体的なボリューム不足はまだまだ「児童」と呼ぶべきコンパクトサイズだ。

それに小学生の制服！　胸に視線を向けても、吊りスカートの紺の肩ストラップが目に入り、いたいけな少女であることは目と脳をごまかせない。

（白いワンピースだったひよりちゃんよりも、犯罪臭がすごい……）

こんな情景を撮影してネットに上げたら、すぐに特定されて通報モノだろう。

まったく逃げる様子がないので、知輝は手のひらを白いブラウスのふたつのふくらみに、そっと軟着陸させた。

「あっ……」

ほんのかすかな声を、そらはあげた。

見た目どおりの微乳で、それこそパソコンのマウスほどの感触だった。

「初めて男性にここを触られた感想はどうだい？」

「ん……ひよりとおんなじ」

「なんて言ってたんだ？」

「知輝さんの手、すごく大きくてあったかい……」

……そっちか。

「うふ、ひよりはぺったんこだから、こうはいかないでしょ？」

優しそうな顔に、子供らしい残酷な優越感がちらりと覗いた。

「そらちゃん、顔が赤い。それに、すごくツラそうな顔してるぞ」

包むほどもないかすかな乳房をそっと撫でると、そらは眉をハの字にした。

「ツラいんじゃないわ。逆」

「逆？」

「……夜、寝る前に、知輝さんにこんなことされるのを……想像したの。それが、ホントになってるから……」

大人の女性なら、まずこんなことは告白しない。子供の口の軽さゆえなのか。

「アソコがうずうずして、しっとりしただろ」

「うん……なんか、チビッちゃったみたいになった」

ちょっと顔を上げ、照れくさそうに笑った。

そらは気怠《けだる》そうな動きで知輝の手首をつかみ、胸から離させた。

「知輝さん、キスしてください……」

ゆるりと知輝に近寄り、顔を寄せた。

垂れ目がちの瞳を見つめ、ふっくらした白い頬を視野に収めながら、知輝は顔を落とし、少女とキスした。

唇が触れた瞬間、「んむっ……」とそらは喉の奥で小さな声を漏らし、身体をビクリと揺らした。

(唇まで、ひよりちゃんよりもやわらかい気がする……)

知輝は少女の背中に両手を回した。

(やっぱり。見た目どおり、ひよりちゃんよりもふっくらしてててやわらかいな……デブってわけじゃないのに)

弾むような弾力を楽しめる抱き心地だった。

小さな背中を撫でまわしたが、X字の吊りストラップが邪魔だった。小学生女児に悪さをしている実感が、こんなところでも湧いてくる。

「知輝さんの手、ホントに大きい……なんか、安心する」

手をさらに下げ、紺の吊りスカート越しにお尻を撫でた。

「やん、くすぐったい……」

夢見るような不明瞭《ふめいりよう》な発音でつぶやく。

ここでもスカートのヒダヒダがひどく邪魔だった。だがそれでも、お尻の触感は生々しく手のひらに伝わってくる。お尻の大きさ、やわらかさ、谷間を刻む全体のかたち……むしろひよりのワンピースよりも、ヒダに阻《はば》まれているほうが痴漢行為をしているようで背徳的な高揚《こうよう》感は高かった。

「うふ、なんかくやしいな」

うっとりした口調で、そらはそんなことを言った。

「くやしい？」

「……ひよりに聞いたら、大きな手だった、あったかかった、優しくてエッチな動きだった、ぐらいしか言わないんです。でも、ぜんぶ当たってる……」

知輝がしたことを、正確に伝えているらしい。

手をさらに伸ばし、ヒダスカートの裾から中に入れた。

触れたふとももがこわばり、緊張が走ったのがわかる。

お尻は、ひよりに較べてあきらかに大きい。手のひらに包んだ瞬間にそれはわかる。そして、やわらかい。だが小学生ならこんなモノだろうし、そもそも第二性徴期のふくらみが始まっているふうでもない。

（まあ、ひよりちゃんがほっそりしすぎてるだけだな）

次に穿いているパンツの感触に注意が向いた。

「そらちゃん、ずいぶん小さいパンツ穿いてるんだね？」

「そんなわけじゃ……」

そらの声は上擦《うわず》っていた。着用している下着を評価されるのは女子小学生にとって羞恥心が強いだろう。

（お尻の三分の二ぐらいしか包めてない……セクシーな下着でも着けてるのか？）

自分の想像に下卑《げび》た笑いが漏れそうになった。自分とこんなことをするために、女子小学生が勝負下着を身に着けてくる……。

下着の触感をたしかめようと、電車の痴漢でも遠慮するぐらいの不躾《ぶしつけ》な撫で方をしてしまった。

「あん……知輝さんの手、ホントにエッチ……」

「この手で、ひよりちゃんにもこんなことをしたんだよ？　もうこんなことは終わりにしたいかい？」

意地悪な口調で問いかけると、そらは小さな頭をふるふると横に振った。

ひよりのパンツは、見た目はビキニタイプだったが、シワとたるみの寄りやすいコットン素材で、スタイルはいいのにどこかカボチャパンツを連想させた。

そらのパンツの素材はなんだろう？

お尻を撫でていた手を、スカートから出さないまま前に回そうとした。

「あん、待って……」

そらが悩ましげな低い声を出して、知輝の手を取り、制止した。

そうして顔を上げたが、にっこりと眩し気な笑みを浮かべていた。

「知輝さん、あのソファ、すごく大きいですね？」

自分が最初に座ったソファを指差した。ソファ？

「そうだな。僕、ズボラだから、脚を伸ばしてゴロ寝できるサイズを買ったんだ」

「ね、ちょっと試してもいい？」

と言い、そらは知輝から離れてソファに行き、なんと仰向けに寝た。

「そう。その姿勢で、テレビを観ながらよく爆睡してしまうんだ。このまま朝まで寝てしまいそうだろ」

「……幅はもう少し広いはずね」

だが、そらは知輝の話を聞いておらず、寝転がったままソファの座面の大きさを気にしていた。腕を伸ばして手尺《てしやく》で測っている。

「わたしたちが乗る寝台車って、狭いでしょ。このソファより少し広いだけ」

「えっと、そうだな……」

ブルートレインの修学旅行の話だと、やっと気づいた。急いで頭を切り替える。

「大昔の寝台列車を大修理して使うんだ。たしか、オハネフ25形とかいう車両だ。僕もネットで調べたけど、ちょっと狭いよな」

ひよりに画像を見せてもらった夜、自分でも調べた。

「うふ、わたしたちは小学生だから大丈夫だけど。見て、こんなに余裕ある」

そらはきれいに仰向けになり、左右にゆとりがあることを示した。

だが、なぜ突然この状況で、そんなことを言い出す？

疑問が顔に表れたのだろう、そらはその姿勢のまま、知輝を見上げてニンマリ笑った。えへへ、と聞こえてきそうな表情だ。

「寝台車両で、知輝さんといっしょに寝られないかな、って思ったの」

知輝は手のひらを額《ひたい》にやり、顎を出した。うれしいことを言ってくれるが、困る。

「それ、ひよりちゃんも言ってたけど——」

「そう。無理なんですよね。ひとつの寝台に三人が寝るなんて」

「ん？　いや、そうじゃなくて……」

「あは、知ってますよ。女子の寝台に知輝さんが来ることが、法律で固く固く禁じられてることぐらい」

「僕は先生たちの近くに寝る予定だったんだ。女性の先生は女子の近くで、僕は男子の近くの男の先生たちと固まって」

ふと説明をとめた。それ以上よけいな情報を与えないほうがいいかもしれない。

意図的ではないかもしれないが、ソファに仰向けで気をつけの姿勢のまま、そらの小学校の吊りスカートはいくぶんずり上がっていた。

（むっちり……って言っても、この子たちは誉《ほ》め言葉と受け取らないだろうな）

半分ほどが露出したふとももを見て、知輝は思う。

ぶよぶよしているわけではない。白いふとももはむしろ筋肉質に近いのだが、といってムキムキというわけでもない。イケナイ画像やジュニアアイドルのデータを除き、いままで目にした現実の小六少女のふとももは、ひよりだけだ。データが少なすぎる。

「知輝さん、わたしのヘンなところばっかり見てる」

まっすぐ上から見下ろしているので、視線をごまかしようがない。

「透視光線で、スカートの中を見てるんだ」

開き直って、おバカな回答をしてみた。

「やだぁ、恥ずかしい。うふふふ」

仰向けのまま、そらは膝をX字に閉じ、スカートの上から両手で股間を押さえた。

寝ているのに、顎を引き、上目遣いになっている。なかなか情欲をそそる表情だ。

「そらちゃん、お願いがある」

「なんでしょう？」

「そのまま、スカートをちょっとだけめくってくれないかな？」

そらに対し、初めて性的な動きを求めた。

「透視光線で、すでにご存知なのでは？」

弱々しく優しそうな雰囲気なのに、わりと皮肉っぽい返しをしてくる。

「たしかめたいんだ。僕がムラムラ想像してたのと合ってるか」

「うわぁ、どんな想像されてたんだろ」

そらは少し顔を逸らして笑った。コロコロと喉が鳴り、ちょっと腹筋が揺れる。

「でも、いいですよ。ほら……」

そらはそろえた両手をスカートの裾にやり、ゆっくりとめくっていった。

逆三角の白いパンツが見えた。そしてすぐに腰回りのゴムが見え、あたたかそうな白い下腹部が見えた。

「……えらくセクシーなパンツ穿いてるんだな」

「セクシーって……」

そらはまた顔を逸らし、お腹を揺らせて笑った。こんどは本物の失笑のようだ。子供にセクシーという誉め言葉を使うのは滑稽でありタブーだ。ロリコン者だと告白しているようなものだ。

（大人の女性の穿くパンティ……いや、スキャンティに近い）

口に出さず、心の中だけで感想を述べる。

色は純白だが、極端なローライズで、目を凝らすと性器のふくらみを覆うのがやっとのサイズだ。驚いたことに、これでコットンらしい。

「これじゃ、お尻も半分を包むのがやっとだな。僕の手のひらが戸惑うはずだ」

そらは顔をそらせたまま、居心地悪そうに口元だけで笑っていた。

眉も困ったようにハの字になっていた。もともと優しそうな相貌なので、文字どおり悪さをされているのを我慢しているように見える。

「そらちゃん、いつもこんな小さいパンツを穿いてるのかい？」

変態丸出しの質問を、しゃあしゃあとしてみた。

「去年、五年生のときぐらいかな。大きいブカブカのパンツってきらいなんです」

吊りスカートを胸近くまで上げながら、そらは几帳面に答えてくれた。

「ね、知輝さんもここに寝てください」

言いながら、そらは背もたれギリギリに身体を移し、少し場所を開けた。

知輝はこのときになって、自分が仕事から帰ったままの姿なのに気づいた。

「え、全部脱いじゃうわけじゃないですよね……」

ジャケットを脱ぎ、シャツの第一ボタンを外したのを見たそらが、笑いを残したまま
ちょっと不安そうに訊いた。

「それは次の機会ということで」

いやらしい含みを持たせて言うと、なんとそらは、

「うふふ、楽しみ！」と、弾けるような声を返してきた。

「ここで誰かと横になるのは初めてだよ」

ソファに横になり、そらと向き合う。

自分が反対側に寝返れば、途端にソファから落ちる狭さだ。

「うふ、ひよりと話してたんです。なんとかあの狭い寝台で、三人で川の字になって
寝られないかなって」

想像するだけで狭そうだ。

「でね、わたしと知輝さんが抱き合って、ひよりは知輝さんの背中を見てるだけ」

「ひよりちゃんがかわいそうで、涙が出そうだ」

「だから五分間だけ、そっちを見させてあげるの」

「……どうせ、ひよりちゃんも似たようなこと考えてるよ」

「知輝さん、抱っこ……」

子猫のような、ねとつく声でそらは言い、細い手を回してきた。

知輝もゆっくりと抱きしめる。

(ひよりちゃんより大きいけど、やっぱり子供だ。すごく頼りない……)

二人で横になって抱き合うと、サイズ感のちがいを生々しく実感した。大人の女性とセックスの経験があるので、小ささからくる違和感はぬぐいようがない。

「うふん、知輝さぁん……」

鼻にかかる甘い声で、小さな身体をしがみつかせてくる。

胸圧のなさは、ロリ少女を抱いた感動を越えて、怖れを覚えるほどだった。

(ちょっと肉感的に見えるのに……)

背中に回した手を、すぐに下半身に下げた。

コットンの小さすぎるパンツに触れる。手のひらの感覚を信じると、お尻を覆う面も小さすぎて、お尻の割れ目が四分の一も露出しているようだ。

ふとももを撫でさすりつつ、その手を前に回した。

「ああん、だめぇ……」

小学生が出してはいけないトーンで声を漏らす。小さく三角に開いた口から、子供の甘く湿った吐息が知輝の顔にかかる。

パンツの股間部分を手のひらで覆った。

（うわっ、べっとり……！）

染み出した淫蜜で、パンツの表層はしとどに濡れていた。

だが、と知輝はそらの名誉を意識しながら考え直す。

（パンツが小さくてオマ×コにぴったりくっついてるからだ。余裕がなくて、ぜんぶ染み出してるんだ。ひよりちゃんよりスケべって意味じゃない……）

「あん、そこ、触っちゃダメだってぇ……」

そらは泣き出しそうな声で抗議した。

「ごめんごめん、これはこんどだったよね」

「そうです。いまは、ダメ。わたしもひよりみたいにシャワー浴びられたらよかったんだけど……」

乙女心を覗かせた。

「じゃあ、そらちゃんのおっぱいを舐めるのは？」

そらは顎を引き、至近距離で知輝を見つめて「うふん」と笑った。

「それは、いいです。キョカします」

白いブラウスの裾を、スカートから引きずり上げた。

白いインナーを着けている。シュミーズとかいうやつか。ブラジャーはしていない。ずり上げるとき、やはりスカートのストラップが邪魔だった。小学生の女児に悪さをしている実感が生々しい。

「そらちゃんはブラジャーはしないのかい？」

セクハラ事案の質問を、さらりと口にした。

「持ってるけど、ほとんど使わない。めんどくさいもん」

そらも、なんでもないことのように答えた。このあたりがまだ子供だ。

胸の上までブラウスを持ち上げると、申し訳程度の乳房が現れた。

それこそパソコンのマウスほどのふくらみで、なるほどブラジャーは必要なさそうだ。小学校の制服の上からも大きくないことはわかっていたが、体型的に、脱げばロリ巨乳なのかとも思っていた。

「そらちゃん、持ってて」

「ん」

横寝の姿勢のまま、そらは両肩を大きくすくめ、胸の上あたりまでブラウスを引っ張ってくれた。

「かわいいおっぱいだね」

「……知輝さん、いますごいエッチな顔してる」

「そりゃ、こんなもの見たら、誰だってエッチな顔になるさ」

「ロリコンさんだからでしょ？」

言葉に詰まる。ひよりが言うようなことは、そらが口にしてもおかしくない。

「マンションのエントランスでいるとき、わたしとひよりの胸元、ときどき見てたもん。あれ、比べてたんでしょ？」

そんなはずはないと思ったが、無意識にしていたのかもしれない。やはり子供の観察眼を侮《あなど》れない。女児なら特に。

だが、そう自戒《じかい》したところで、そらがチロリと舌を出した。

「ウソでーす。でもその顔を見たら、ホントにそんな目で見てたみたいだね」

あはっ、とそらは笑う。

「大人をからかう悪い子には、おっぱいペロペロの刑だ」

子供じみた言葉を口にし、そらの小さな脇を両手でつかみ、幼い乳房にむしゃぶりついた。

「きゃあっ、ああんっ！」

そらは高い声をあげた。強く顎を引き、胸を逃そうとするが、背中に回した知輝の両手がそれを許さない。

（こんなに小さなおっぱい、初めてだ……）

ロリコン者の悲願成就と言えるだろう。

これまで付き合って性交した女性も貧乳が多かった。しかし、その誰よりも乳房が未発達で頼りない。十一歳の小学生だから当然だ。

そらの乳首は輪郭も不確かな十円玉ほどの大きさだった。周囲の白い肌よりも、ほんのりピンクに色づいているだけだ。

ふくらみそのものも申し訳程度だ。フライパンに落とした直後の新鮮な卵ほどだろうか。

なめらかで不充分なふくらみが、ふいにざらついた。同時に、そらはブルッと身体を震わせた。

「いま鳥肌を立たせただろ？」

「……くすぐったいもん。んんっ」

くぐもった声で言い訳のようにつぶやく。

「ほらほら、無理しなくていいんだよ。気持ちいい、って言ってごらん」

小さな乳房を舐め回しながら、いやらしく囁いた。

「あの、知輝さん……」

「なんだい」

「おっぱいは、こっちにもあるんです……」

十一歳の少女の意外なしたたかさに、敗北感を覚えた。

「……そうだったね。うっかりしてた」

「いいです。失敗は、誰にでもあるから」

切ない声で、いまいましい言い方をしてくる。

「ああんっ！　んんっ……ああっ、あああっ、いやっ……！」

ご希望どおり、もう一方の乳房を激しく舐め回した。そらは頭を振り、細くて高い嬌声をあげた。乳臭い甘さが鼻をくすぐった気がしたが、気のせいだろう。

「ああんっ、そこは、もう、だめ……」

そらは両手でシュミーズの裾をつかみ、悩ましげな動きでずり下ろした。少女が拒《こば》むなら無理に続けるべきではない。

「ジュニユウの時間は、終わり……」

小学生の口から出たので、一瞬、頭の中で漢字が浮かべられなかった。

「授乳？　よくそんな言葉を知ってるな……ああ、保健体育で習ったのか？」

そらは、ふうと息を漏らし、小さく笑った。

「ううん。イトコの女の子が小さいとき、叔母さんがおっぱいあげるのを見てて覚えたの」

……そらちゃんの親族について、ひとつ賢《かしこ》くなりました。

「ねえ、こんどは知輝さんのを……」

そらはゆっくり上半身を起こすと、媚びるように眉をハの字にして笑った。

笑うと頬がふくらみ、愛らしい表情になる。

「うおっ!?」

ふいに下半身に刺激が走り、知輝はおかしな声をあげた。

そらに見つめられたままだったので、下半身に注意が向いていなかった。スーツパンツの上から、いきなりペニスをつかまれたのだ。存外にけっこうな力で。

「あは、ほんとだ。棒でも仕込んでるみたい」

「……そらちゃんって、かわいい顔してるのに、わりと大胆なんだな」

そらは、ちょっとだけ恥ずかしそうに顔を伏《ふ》せた。大きめの口で小さく笑うのが子供らしく、かわいらしい。

「僕のコレ、ほんとは見たくて見たくて、たまらないんだよね？」

「あの、見たいだけじゃなくて……」

また、少し上の返しをされる。

「ん？　触ってみたいのかい。大丈夫！　怖くないぞぉ」

「……舐めたりしちゃ、ダメかな？」

少し上ではない。遥《はる》かな高みだった。

「僕の、コレを、舐める？」

ソファから立ち上がり、浅ましくテントを張っている股間を指差した。こんな仕草をしたのは地味に初めてだ。

そらは申し訳なさそうに、コクンと頷《うなず》いた。

「でも、僕も朝から何度かトイレでおしっこしてるし……」

困ったような顔のまま、そらは答えない。

「熱い濡れタオルで拭いてくる。それでどうだ？」

答えないまま、笑みだけ浮かべ、また首を縦に振った。

慌てて洗面台に向かう。

タオルを取り、お湯を出して濡らした。ファスナーを下ろして勃起を晒《さら》す。濡れタオルで勃起を巻き、丁寧に拭いた。鏡に映る自分がアホみたいに見えるので、できるだけ見ないようにする。

そのまま廊下を戻る。自分の家だが、ファスナーから勃起男根を出したまま歩いたのも初めてだ。

剝き出しの勃起を両手のひらで押さえつつ、リビングに戻る。

そらは、それを見て噴き出した。

「すごく怪しい。手でなにを隠してるんですか？」

ソファから立ち上がり、知輝の前に来ると、膝をつけてしゃがんだ。

「そらちゃんが早く食べたくて、たまらないものだよ」

「えー、なんだろ。早く食べたい」

垂れ目を細め、口の端《はし》に優しい笑みを浮かべながら、言うことがえげつない。小学校の制服なので、なにか甘いお菓子でも期待しているような顔に見える。

「ほらっ、じゃーん！」

両手をパッと退け、八十度ほどの高角度を描く勃起を晒した。

そらは笑みを消し、顎を引いた。いや、文字どおり引いていた。

「……ホントだ。ひよりの言ったとおり」

「なにを言ってたんだ？」

「なにもかもです。うふ、ひより、知輝さんのこれに触ろうとしたら、お父さんに呼ばれたんですよね？」

「……ほんとに正確に話してるんだな」

「でも、ひよりの言うこと、完全に信じちゃいけないの」

「ん？」

「あの子、ミエ張って話をふくらませてるかもしれないから。話し方がうまいから、だまされちゃうの」

そらは顔を上げず、まさに男根に向かって話しかけていた。

「じゃあ、僕のコレをなんて言うのかも、聞いてるよね？」

「知ってます。チン……」

言いながら顔を下げた。最後の「ポ」は口を丸めただけで声は聞こえなかった。

「聞こえないよ。ここまで聞こえるように言ってごらん」

知輝はそのまま、後ろ歩きで二メートルほども下がった。

そらは両手でメガホンをつくり、やや開き直ったように顔を上げた。

「チ・×・ポ！」

言い終えると、そらは両手で顔を覆った。意外に乙女チックな仕草だ。

「よし。声の大きさが不充分だが合格点をあげよう。ほら、ご褒美だ」

つかつかと歩いていくと、勃起ペニスは重そうに揺れた。

「うふん、見せてぇ……」

恥ずかしさと期待と好奇心を同時に浮かべた、子供らしい笑みだった。小首をかしげるさまが、かわいらしい。

「触ったら電気ビリビリってこと、ないですよね？」

「大丈夫だよ。たったの六千ボルトだから」

まあ、冗談で言っているのだろう。あるいは不安の表れか。

両手で包むように丸めた手を近づけ、顔も寄せてきた。

男根の根元に力を込め、ふいにいきり勃《た》たせた。

「やんっ！」

そらは肩をすくめ、身体をビクつかせた。

「びっくりしたかい？」

「うん……なんかコレ、怒ってるみたい」

「大丈夫だって。いきなりそらちゃんに怒鳴ったりしないから」

「でも、なんか毒液をひよりの顔に浴びせたんでしょ？」

「……ほんとによく聞いてるな」

そらは、そっと両手でペニスに触れた。

「うわぁ、熱い……」

「ほかに感想は？　三十字以内に述べよ」

「大きくて、すごく硬い。青い血管が浮いて、ちょっとグロいかも」

頭で字数を追った。句読点を含め二十九字。さすがというか……。

「うふん、ひよりはここまでできなかったんですよね」

子供らしい優越感に満ちた笑みを浮かべた。

「さあ、こんどはそらちゃんが、ひよりちゃんにいろいろ報告する番だ。触った感触とか、舐めたときの印象、味わいとか」

「味わいって……」

失笑を浮かべかけて、消した。そうして思い出したように顔を上げた。

「ねえ……これ、最後は出ちゃうんですか？　その……」

「えっと……精液、のことかい？」

知輝は驚き、とぼけたような口調が少し崩《くず》れた。

「そうです。その……すごく熱かったり、苦かったり、たくさん出てお口からあふれたりするとか……」

申し訳なさそうな口調で言う。知輝はすぐに返事ができなかった。

ひよりにリードするために、少し触れて少し口にしてみるだけだと思っていたのに、そらは精液を口で受けるオーラルセックスを前提に考えていたのだ。

「あふれるほどたくさんは出ないよ。数CCだと思う。熱くもない。体温と同じ。口にするものじゃないからおいしいとは思えないな。ハチミツみたいな味を期待しないほうがいい。ただ、匂いは独特だよ。男性目線から見ても、エッチな匂いだ」

「ふうん……どのぐらいで出るんですか？　時間だけど」

「それは、そらちゃん次第だよ」

優しい口調で挑発的な回答をした。

そらは表情を引き締め、真正面からペニスに向き合った。とろけるような優しい笑みが印象的だが、真面目な顔は美少女そのものだった。ただ、ひよりに較べるとやや地味な顔立ちで、ひよりがアイドル歌手なら、そらは地方局の女子アナのような雰囲気だ。

白魚のような小さな手で、そっとペニスを包んだ。

そらは目を細め、眉をハの字にして、大きく口を開けた。なにか罰を受けているような表情だった。

そうしてゆっくりと、ぱっくりと、ほぼ亀頭全部を一度に咥えた。

「んあっ、あああっ……！」

知輝は腹の底から太くて短い声をあげた。

くすぐったさと紙一重の快感が、亀頭を包んでいる。

そらはツラそうに目を細めたまま、知輝を見上げていた。これでいいの？　という表情だ。

「そらちゃん、最高に、気持ちいいよ……」

フェラチオを嫌がらずにやってもらうコツは、少しオーバーに呻きや喘ぎをあげることだ、と大学時代に読んだ低俗な雑誌のコラムを思い出した。

そらは亀頭全体を口に含んだまま、しばらく動きをとめた。鼻息で苦しそうに息をしていて、湿った息が社会の窓から入り込み、陰毛をそよがせた。

「どうした？　無理そうなら、ゆっくり出すといいよ」

本気で中座を勧めたわけではない。引き返す選択肢を与えることで、前進の勇気を引き出すためだった。

果たして、そらは両手でしっかりと軸棒をつかんだ。

そうして目を閉じ、ゆっくりと勃起男根を呑み込んでいった。

ふっくらした白い頬が大きく窪んでいた。強い既視《きし》感を覚えたが、以前に観た疑似ロリAVのハメ撮りシーンだった。

「そらちゃん、とってもじょうずだよ。すごく、気持ちいい……」

かすれた声で言い、知輝は少女の頭をそっと撫でた。艶々の黒髪に、手のひらが心地よく滑った。

勃起男根を三分の一ほど残して、そらは動きをとめた。それ以上は亀頭が喉の奥に引っかかるのだろう。

(僕のチ×ポが、本物の女子小学生の口の中に消えてる……)

付き合っていた女性のほぼ全員にフェラチオをしてもらっていたが、最初の一度目以上の興奮を覚えていた。撫でている頭の小ささも高揚感を激しく煽《あお》った。

「そらちゃん、唇でしっかり咥えたまま、ゆっくり引き抜いてくれ。全部じゃなくて、カメさんの首根っこで引っかけるんだ」

カメさん、と言ったが、おそらく意味は通じるだろう。

そらはペニスを口から抜いていった。勃起男根はそらの唾液でヌメり、赤黒く光っていた。そして教えたとおり、亀頭のカリを唇で挟んで、とめた。

「それで、入れたり出したりを繰り返すんだ。できるだけ早く。できるかな？」

眩しいものでも見るように、そらは薄目を開けたり閉じたりしつつ、お口ピストンを始めた。初めはゆっくりだったが、次第に速くなっていく。

「そらちゃん、両手で僕の腰をつかむといい。安定するぞ」

そらはまったく表情を変えないまま、ただちにそうした。

途端に知輝の下半身とそらの上半身が安定し、ピストンは力強く、さらに速くなった。余裕があるとは思えないのに、唇で挟む力に強弱までつけ始めた。

「ああっ……そらちゃんの舌、すごくいいっ！」

それだけでなく、激しい往復運動をしながら、そらは舌先で、男根の裏筋を強くこそげてきたのだ。

これはたまらなかった。射精の予感が走った。おそらくは射精には至《いた》らず、自分が腰を動かす強制イラマチオに移行するか、「修学旅行までの課題にしような」などと中座することになると思っていたのに。

幼い顔を前後に揺らせ、そらは懸命にお口ピストンをしてくれた。

と、亀頭を口に含んだまま動きをとめ、にゅるんと口から出した。

「うふ、疲れちゃったから、ちょっと休憩」

「よかった。もう飽きたのかと思った」

「大丈夫、これからですよ。うふふふ」

「わたし、こんなのをお口に入れてたんだ。すごくエッチ……」

言いながら、そらは自分の唾液で光る勃起ペニスを横から見つめた。

自分を褒めるような口調だ。

「そらちゃんのお口に、ぴったりサイズだろ？」

「そんなことない。さすがに大きすぎる。わたしのお口にいっぱい」

「ご飯をお口いっぱいに頬張ったとき、僕のチ×ポを思い出しそうだな」

「吐きそ」

いきなりの子供らしい反応。

「お口の休憩は終わったかな？　ほら、早くしろって怒ってる」

知輝は男根の根元に力を込め、ブンブンと上下に振った。

「うわぁ、そんなこと、できるんだ……」

子供らしい好奇心と驚きに目を見開かせた。

「ほぉら、どうどう」

揺れるペニスを両手でそっとつかみ、そらは言った。

ペニスの切っ先と正面から向かい、笑みを消した。

「あの、オチ×チンの先から、なにか出てるんだけど……」

「ご安心ください。それはおしっこではありません」

知輝は営業用の真面目なトーンで言った。

「エッチな気分になると出るエキスだよ。粘りがあって透明だろ？　そらちゃんのアソコに、スムーズに入るようにね」

そらはイタズラっぽいまなざしで知輝を見上げた。

「いま説明しながら、シレッと問題発言を含めましたね？」

「じゃあ、ひよりちゃんにだけ頼もうっと」

「おっと、それはダメ」

慌てた口調で言い、そらはマイクを握るように片手でペニスをつかんだ。もう一方の手で知輝の腰をとる。

「鼻で息継ぎのタイミングが難しいなら、最初に深呼吸をしておくといい」

そらは片手を水平に三度広げ、深呼吸を三回繰り返した。

口をOの字に開け、咥える寸前、顔を引き、知輝を見上げた。

「次ぐらいで、出そうですか？」

「たぶん、としか」

気を取り直した様子で、もう一度深呼吸した。

そうして亀頭を口に含むと、

「んあっ!?　ああああっ！」

腹の底から声が出た。のっけから亀頭と軸棒を強く唇で挟んできたのだ。

そうして長い黒髪を揺らしながら、激しく前後運動を始めてきた。

危なく腰を引いて逃げるところだった。

「そっ……そらちゃん、すごいっ！　チ×ポが、溶けそうだっ！」

フェラチオをしてくれた女性は、いずれもがクンニリングスのお返しだったり、知輝に頼まれてしぶしぶだったりと、義務感でやってくれていただけだった。

(こんな命懸けのフェラを受けたのは、初めてだっ！)

三重に衝撃を受けていた。

フェラチオで初めて前後不覚に陥《おちい》りそうなこと、それを十一歳の女子小学生から受けていること、そして自分は服を着たままなこと……。

「そらちゃん、すごいよっ、チン舐めの天才だ！」

それこそ小学生のような言葉が出てしまった。

そらは知輝の腰を両手で抱きかかえるようにつかみ、信じがたいダイナミックな動きで顔を前後させていた。ハメ撮りのＡＶでもここまで迫力のあるものは少ない。

（チ×ポの裏、蟻《あり》に這《は》われてるみたいだっ……）

ペニスの表層は唇の動きで強い刺激を受けているが、それだけではなかった。裏筋を蟻か軟体動物が這うような感触が走っていたのだ。

（そらちゃんが、舌でこそげてるんだ……）

もともと舌も小さいだろうが、おそらく舌先だけに力を入れている。激しい前後運動とは別に、心電図に描かれる波形のように、そらは舌を左右に気ぜわしく動かしていたのだ。

（くっ……射精が、近い）

無意識にまた腰を引こうとしていて、ゆっくりと戻す。いや、そらの両手に引き戻されていた。

「そらちゃん、もうすぐ、出る！　先っぽのとこ、集中的に、頼む！」

腹筋に無駄に力が入り、切れぎれに言葉を発していた。

そらは即座に応じた。

顔の往復運動を続けたまま、クンッと口を引いた。亀頭だけを咥え、きわめて短いサイクルで顔を前後させた。同時に亀頭の首裏を抉《えぐ》るように舌でこそげてきた。

射精が見えてきた。もう引き返せない。

「そらちゃんっ！　スカートをっ、めくってくれっ！」

射精直前、自分でも予期していなかった指示を出した。

そらは顔を激しく揺らしたまま、ヒダの紺スカートをパッとめくり上げた。

白い膝を少し広げ、正座から踵《かかと》を立てた格好だ。むっちりした白いふとももが艶《なま》めかしい。同時に小学生らしい質量不足がはっきりわかる。

小さすぎる白いパンツに浮かぶ女性独特のデリケートなふくらみ、そこに浮かぶ淫蜜のにじみに目がいったとき、射精の痙攣《けいれん》反射が起きた。

「んあああっ！　そらちゃんっ、出るっ！」

そらは動きをまったく緩《ゆる》めなかった。だが知輝が絶叫したとき、眉根を強く寄せ、顔の上半分をしかめていた。なにが口に入るのかを、ちょっと怖れたのだろう。

「んんっ!?　んっ！　んんんっ！」

そらは両肩をすくめ、知輝の腰から手を離した。両手でこぶしをつくり、乳幼児のようにWの字にしている。

喉声だけで悲鳴をあげながらも、顔の前後の動きがとまらない。女子小学生にあるまじき、あっぱれなオーラルセックスだ。

射精しながら、知輝もそらの顔とシンクロさせて腰を振っていた。

十回近く、少女の口中に放っただろうか。

学生時代の、記念すべき童貞喪失と同じぐらいに充実した射精だった。

いや、高い犯罪性を考えると、興奮はそれ以上かもしれない。

やがて、そらも知輝も動きをとめた。

そらは眉根をしかめたまま、まだ唇でペニスを強く挟んでいる。

「そらちゃん、ありがとう……すごく、気持ちよかった。たくさん出ちゃったよ」

知輝は息を荒げながら、ゆるゆると言った。

「んんっ……！」

声をあげたのは知輝だった。そらがペニスの軸棒を強くつかんだのだ。

そらは目を強く閉じたまま、ゆっくりと男根を口から抜いていった。子供が大玉の棒付きキャンディを口から離すように、唇を密着させたまま抜いていく。

唇を強くすぼめ、顎を上下させている。口に溜まった精液に困り果てているのだ。

そらは小さく口を開けた。眉根をハの字に曲げ、世にも不興《ふきよう》げな顔だ。舌の上に白い精液が乗っていた。

「そらちゃん、洗面台に行ってきな。吐いて、うがいするんだ」

だがそらは立ち上がらず、また口を閉じた。

そうして、知輝を見上げたまま、人差し指を立てた。垂れ目がいたずらっぽく見開かれ、ふだんとは異なる美少女っぷりだった。

パカッと口を開くと、そこに精液は残っていなかった。

「そらちゃん、飲んでくれたのかい、そん――」

そんなもの、と続けるところだった。嬉しく感動もしているのだが、驚きのほうがはるかに大きい。

「えへっ、頑張りました」

「……おいしかったかい？」

そらは満面に笑みを浮かべて、首を横に振った。

「ひよりちゃんを大きくリードしたな」

「そうなの！」

意を得たりとばかり、元気に言った。

急にまた眉をハの字に曲げた。どこか超然《ちょうぜん》と取り澄ましたひよりに較べ、表情の豊かさもそらのほうが上位だろう。子供らしい、という注意書きがつくが。

「あの、やっぱりうがいしてきていいですか？」

口に残る味を気にしているらしい。そらは慌てて、

「あ、喉に指ツッコんで吐いたりはしないですよ」

知輝は笑って洗面台を指差した。

短い廊下なのに、そらは洗面台に走った。子供はどこでも走る。この家でドタドタと子供の走る音が聞こえるのが、なにか新鮮だった。

「でも、がっかり。どうにかして知輝さんのところに行けると思ってたのに」

リビングに戻るなり、そらは言った。

なんのことだい、と訊くと、修学旅行の寝台列車のことらしい。話がすぐに飛ぶところも子供特有だ。大人にもいるが。

「寝台車の知輝さんのところに行くのはアブナすぎますよね。先生たちといっしょに寝るんでしょ？　学校の職員室で知輝さんとキスするぐらい危険」

一瞬だが、そんな情景を想像してしまった。

「でも」と、そらは蠱惑的な笑みを浮かべて続けた。

こんな表情もできるのかと、ちょっと驚いた。

「さっき聞き流したけど、先生の近くで寝る予定『だったんだ』って言いましたね？　過去形。状況が変わったの？」

少女の注意力にも驚く。状況が変わった、という表現が自然に口から出ることも。言うべきか言わざるべきか二秒だけ悩んでから、知輝は口を開いた。

「あー、僕は別の寝台車両の個室を借りたんだ。その修学旅行の列車、大昔の寝台だけじゃなくて、わりと最新の寝台車両も編成してて」

先生たちといっしょなら気が休まらないと考え、ＪＲの知念部長に編成車両を確認し、特別料金を払って個室を頼んでいたのだ。割増の金額は知念部長の計らいでずいぶん安くしてもらえ、恐縮至極《しごく》だった。

「うふふ、個室ですか」

小悪魔を越え、サキュバスのような笑みを浮かべた。

「そらちゃん、いますごいエッチな笑い方してるぞ」

「うふふ、ひよりに言ったら、あの子もこんな顔するわ。きっと」

「でも残念でした。僕の個室まで来ようとしたら、サロンカーを通らないといけない。たぶん、先生たちが夜遅くまでそこにいるだろう。気づかれずに通るのは無理だ」

壁をつくったつもりだったのに、そらはまったく意に介さなかった。

「どんな問題にも、解決策はあるんですよ」

じつに子供らしくないレスポンスだ。

そらは口元に笑みを残したまま、視線を下げた。

「知輝さん、そろそろそれ、しまってください。うっかりファスナーに入れるのを忘れて外に出ちゃダメだよ」

第三章　快楽行きの寝台列車

三十二人学級が四クラスで、総勢百二十八人。それを六人の教諭が引率する。

駅のホームは児童たちでごった返していた。

キチンと並んではいるのだが、子供の大群はいつでも姦《かしま》しい。

先生たちは忙しく立ち回っているものの、こちらもどこか非日常感を楽しんでいるように見えた。

六人の教諭のほかに、卒業アルバム専門のカメラマンと、ＪＲＲの広告代理店から山根知輝が参加している。ほかにＰＴＡの役員が数人と、近隣の中学校の校長も参加していた。今後の参考にしたいためという。知輝は小学校とは別口の、ＪＲＲの宣伝スチール用のカメラマンという立ち位置だ。

ただし、ＪＲＲからは本物のプロのカメラマンも乗っており、知輝の肩書は建前《たてまえ》だ。

ひよりにねだられた知念が影響力を駆使して、こっそり乗せてくれたのが実情だ。

児童たちはそろって体育用の濃紺のジャージだった。それが百二十八人だから、見分ける先生たちは大変だろう。それぞれ持っている大型のリュックやバッグは、まちまちだった。

「ねえ、お兄さん、誰？」

背の高い女子児童が訊いてきた。修学旅行引率者の赤い腕章を見て疑問に思ったようだ。むろん先生たちや専門のカメラマンも同じ腕章をつけている。コンプライアンスにうるさい昨今だが、この腕章は知輝自身の小学校のイベントでもあった。

「この人、この修学旅行を企《たくら》んだ黒幕だよ」

別の女子の声が穏《おだ》やかでない説明をした。

ひよりだった。

「んふふ、たいへんね、知輝さん」

周囲の女子たちが不審げな顔を、ひよりと自分に向けてきた。

「この人、知ってるの、知念？」

「山根知輝さん。うちの校長先生とも知り合いだよ。この寝台列車の修学旅行を企画した人なの。ね、知輝さん？」

父親こそ、この鉄道会社の部長であり、今回の立役者なのに、そのことには触れなかった。ひよりは自分の身内を自慢するタイプではないらしい。

まったくなくなるわけではないが、高学年になれば女子児童でも、下の名前で○○ちゃんと呼ぶことは少なくなる。苗字で呼び捨てがデフォルトだ。

「お付き合い、よろしくお願いしますね、知輝さん」

ひよりが若干の優越感をにじませた。周囲の女子も、知輝の正体がわかって不審な表情が消えている。

(君たち、僕はこの知念さんのアソコとお尻の穴を舐めたんだよ。知ってたかい?君たちのアソコはどんななのかな? もう毛が生えてる子はいるかな?)

顔にも態度にも表さず、少しだけ興味を持って知輝を見つめる女子児童たちに、心の中だけで語りかけた。

青い列車がホームに入ってきた。一部の男子から歓声があがる。声変わりしている低い声と、まだボーイソプラノの声が混じっていた。

EF66式電気機関車。

国鉄時代につくられた大馬力の貨物機関車で、ブルーの車体が美しい。流線型でゴテゴテした顔つきが、昭和の濃い二枚目スターのようだ。寝台列車の牽引《けんいん》に使われてから人気は爆発し、ブルートレインの文字どおり顔として活躍していた。

「うわぁ、真っ青《さお》！　かっこいい」

どこかで子供の声があがった。男子かと思ったら女子だった。

続いてホームに入ってくる食堂車、寝台車も旧式のブルートレインで、大規模な修《しゅう》繕《ぜん》をしたのか、青い塗装がまぶしく反射していた。

その後ろに連結されているのは、現在のクルーズトレインの車両で、怖ろしくスマートだった。シュッ、としているのだ。

ふいに視線を感じた。見下ろすと、ひよりだった。

あっちで寝るんでしょ？　待っててね。小さく口を開けて笑うひよりの顔には、わかりやすくそう書いてあった。

縦長のドアが開くと、先生に導かれて児童たちは車両の中に入っていった。

先生にあらかじめ言われているらしく、児童たちはまず寝台車両に向かった。荷物を置くためだ。座席番号を確認しながら、自分の寝台を探す。手にしたしおりに座席表が載っていて、さほど混乱はなかった。

「知輝さん、ここです！」

寝台車両を通り抜け、最後尾の自分の車両に向かっていた知輝は、女子の高い声に呼ばれた。

そらが寝台の二階に寝そべって声を飛ばしてきたのだ。左右と上下、四人の少女がいっせいにこちらを向いた。

「知輝さんは、この二階用のハシゴに身体をくぐって寝るんですよ。ほら、山根専用って書いてある。うふふ、疲れたら、わたしのベッドに入ってもいいけど」

六年生なら、そろそろこんな冗談はキツいだろう。それまで楽しく話していただろう他の三人は顔を引き攣らせた。

「おいおい、そんなことしたら、先生たちにフクロ叩きにされちゃうよ」

軽い冗談の口調で返した。大慌てで否定したらよけいに怪しまれる。

学校関係者の赤い腕章をしているが、「誰？」という疑問が三人の少女たちの顔に浮かんでいる。

「この人ね、この電車の修学旅行を考えた立役者なんだよ」

そらが説明すると、ふうんという顔になり、いくぶん警戒心がほぐれたようだ。

立役者、と言ってくれた。黒幕とはえらいちがいだ。ただ、言い慣れない言葉なのか、「たてやくちゃ」に聞こえた。

「知輝さんっていうの。手品も得意なんだよ」

これは、よけいなことを言ってくれた。

へえ、という三人の少女のつぶやきに、期待がこもっている。

知輝はポケットからタバコを一本取り出した。

「禁煙ですよ」

少女の一人が遠慮がちに言った。

「吸わないよ。これは手品の小道具。本物だけどね」

日常の見慣れたもの、という意味でかつてタバコは初歩マジックの鉄板小道具だった。それが次第にボールペンなどに代わってきている。持っていたタバコは本物だが、知輝は吸わないため、葉こぼれをしないよう先を接着剤でとめている。

両手を裏表見せてから、広げた手のひらにタバコを乗せる。両手を交差させ、手のひらを半ひねりさせると、

「ほら」

タバコは消えた。「えっ」という声とともに、少女たちは知輝の腕や足元を見た。

「あー、みんなバタバタしてるから、また今度な」

片手を挙《あ》げて去ろうとした知輝は、ふと思い出したように振り返り、

「そうだ、忘れ物した」

と、少女の一人の肩に触れた。「失礼」と言い、ジャージの肩をつまむと、手にはタバコがあった。

えーっという歓声があがった。児童たちの注目を集めると面倒だ。知輝は笑みを残して去ろうとする。

(君たち、知ってるかい？　ここにいる水木さん、僕のチ×ポを舐めてくれたんだよ。精液も飲んでくれたんだ。とってもじょうずだったぞ)

少女たちを見回し、知輝は内心で小さく笑う。

そらと目が合った。またあとでね、という含みのある笑みを見せていた。

少女たちの心を妙な空間に残したまま、知輝は寝台車両の通路を急いだ。

列車は先頭機関車を含む、十両編成だった。

機関車のあとに、児童たちが眠る旧寝台車が二両、児童と先生たちが休むツイン寝台、旧寝台がもう二両、食堂車が二両続き、先生や児童が楽しめるサロンカー、最後に知輝が休むロイヤルと続いている。

(これが推理小説だったら、車両の図解が載るところだな)

最後尾のロイヤルに進みながら、知輝は悔しそうに苦笑いした。

山根知輝様、と書かれた部屋に、駅で先生に渡されたカードキーを入れた。

「うわ……ほんとに走るホテルだな」

ため息とともに、つぶやきが漏れた。

白とブラウンを基調としたシックな内装、応接用の椅子は広い窓を向いている。シングルのベッドにシェードランプ。小さな木目のデスクにはギデオンバイブルが入っていそうだった。

ふだん贅沢《ぜいたく》をしないので、せっかくだと思ってロイヤルのシングルを借りたのだが、ここまで豪華だったとは……。

(ひよりちゃんやそらちゃんが来たら、テンション上がるだろうけどな……)

少女たちの笑顔を想像したが、やはり無理だ。

彼女たちは先頭機関車のすぐ後ろの寝台車のはずだ。最後尾のここまで来るには、食堂車はともかく、先生たちの眠るツイン寝台、先生たちが夜遅くまでいるだろうサロンカーを通らなければならない。見られずにここまで来るのは不可能だ。児童たちへの見回りもあるだろうし。

列車が動き出した。

荷物を置くと、知輝は児童たちのいる車両に向かう。いちおうカメラマンなので、部屋でじっとしているのもヘンだ。

寝台車とは思えないにぎやかさだった。狭いベッドで胡坐《あぐら》をかいたり寝転がったりしながら男子児童たちはおバカ話に興じ、なかにはカードゲームを始める手合いもいる。女子たちも高い声で騒ぎつつ外を眺め、旅行気分を楽しんでいた。

児童たちに声をかけ、笑みを浮かべさせてから何度かスマホのシャッターを切った。

「おじさん、誰？」

スマホにVサインを向けた男子児童が訊いてきた。

「おじさんじゃない。お兄さんだ」

その男子グループは、かん高い笑い声をあげた。からかわれたらしい。

「昭和の寝台車での笑顔」が素人カメラマンの知輝のテーマだった。男子も女子も、特定の子の大アップは撮らなかった。個人情報やプライバシーやコンプライアンスがうるさいし、そもそもそんな仕事は卒業アルバムのカメラマンの領分だ。

車両の端まで全クラスを回ると、けっこう時間がかかった。

珍しい寝台車両だが、子供は狭い空間だとすぐに飽きる。テンションは高いまま、大声で騒ぎだしたり、通路でたむろする児童が出てきて、先生たちが注意していた。

「山根さま、ですよね」

車掌《しゃしょう》の服を着た初老の男性に声をかけられた。

「わたくし、この電車の車掌を務めます山崎《やまざき》と申します。明後日のこの子たちの解散まで、よろしくお願いいたします」

丁寧にお辞儀され、知輝もあわてて頭を下げた。

「部長のお嬢さんに誘われたと聞きましたが……？」

真面目そうな車掌が、ちょっといたずらっぽい顔になった。

情報がＪＲＲ社員に漏れているのか、あるいは知念に特に隠す意思がないのか。

「そうです。まあ、いろいろありまして」

知輝はあいまいに笑い、言葉を濁した。

『夕食は五時からです。三十分後に、一組と二組は指定の食堂車に集まりなさい』

車内放送が鳴った。先生からのメッセージなので、校内放送のように命令調だ。

二泊三日だが、その日は列車で早めの夕食を摂り、寝台車で就眠。

翌日は最初の停車駅で買い物と自由行動、歴史遺構《いこう》の見学などをして、温泉宿に泊まる。三日目に同じブルートレインで元の駅へ。

修学旅行なので、ダイヤグラムも特異だった。

セッティングされた食堂車を見て、児童たちは言葉を失い、続いて歓声をあげた。

白い清潔なクロス、上品な卓上ランプ、レリーフを施《ほどこ》したナプキンスタンド、天井からはオレンジのやわらかなシャンデリアの照明が落ちていた。

「すげー！　高級レストランじゃん！」「ほんと、ビストロみたい！」「ファミレスとぜんぜんちがうよ！」

子供たちは知っている言葉で、精一杯の賛辞《さんじ》の言葉を叫んだ。

席に着いた児童たちに、先生が短く注意した。ゆっくり食べていいが二交代制なのでダラダラしないこと、食事中は大声を出さず、給食と同じく行儀よく食べること、ギャレーのコックさんや車掌さんたちに感謝すること……。

ギャレーから大きなワゴンが出てきた。見たところ、新幹線の車内販売のワゴンよりも少し大きいようだ。車掌の山崎と、もう一人の女性スタッフが、大きなワゴンで順番に料理を置いていく。

料理はフランス料理っぽいものだった。デミグラスハンバーグと魚のポワレ、スープ、そしてパンはおかわり自由だった。

「いたーだきーます」

給食と同じく、先生の号令で児童たちは両手を合わせ、料理にがっついた。

昭和の豪華食堂車で、高価な料理を食べるジャージ姿の子供たち。なかなかシュールな光景に思えた。知輝はスマホのシャッターボタンを何度も押す。ＪＲＲの宣伝に寄与できるだろう。

「知輝さん、こっち、こっち！」

子供たちの声に交ざり、聞き慣れた女児の声が耳に入った。

ひよりが、せわしげに手招きしていた。

控えめな笑みが印象的な少女だが、クラスのメンバーに交じると、あけっぴろげな笑顔はふつうの小学生だった。

となりには、そらもいた。向かいには男子が一人。

オレンジの照明もあるだろうが、ひよりもそらも顔は楽しそうに上気《じょうき》しているように見えた。

「ここ、空いてますよ」

そらが男子の隣を指差した。

「山根さん、どうぞお食事してください。僕たちも各自空いた席で食べますから」

通りすがった男性の先生が言ってくれた。

「それじゃあ、お邪魔するよ」

隣の男子に言いながら知輝は着席した。

「おまえら、知ってるの、この人？」

男子は片手を頬に寄せて少女たちに訊いたが、声の大きさから、こっそり訊くつもりはなさそうだ。

「あたしのパパの会社の知り合いの人。この修学旅行の関係者なんだよ」

ひよりが説明する。やはり父の会社での地位や影響力には触れない。謙虚《けんきょ》さとは別に、説明の面倒臭さもあるのかもしれない。

ひよりとそらとその男子で、つかの間、学校やクラスやこの旅行のプログラムについての話になり、知輝は蚊帳《かや》の外になった。

「おまえら、食事が終わったら、すぐに洗面台に急げよ……まあトイレだけど」

「なんで？」

男子の言葉に、そらが訊く。

「六十人以上が同時に食事を終えるんだ。混むぞ」

おそらく、その男子がいなければ、ひよりとそらはもっときわどい話を振ってきたにちがいない。危険を避ける意味で、その男子は安全装置になってくれたわけだ。

食事を終えると、ふたクラスはあわただしく追い出された。次の二クラスの食事の準備があるためだ。なるほど、おもに女子でトイレはひどく混んだ。

電車の中だけで過ごす時間は長い。そう思っていたのだが、わりとあっという間に午後九時の就寝時間が来た。

『九時になりました。各自、自分の寝台に入りなさい。十時以降は、ゲーム、読書、会話は禁止です。読書灯《とう》も消すこと』

先生の車内放送が入り、一部の照明が消灯された。

児童たちの寝台車を静かに撮影した。当然眠っているわけではなく、元気にVサインを向けてくる。ひよりとそらも同じだった。

児童たちの寝台車と先生たちのツイン寝台を抜けると、サロンカーだった。優雅《ゆうが》なテーブルと曲面の展望ソファがある。そこで先生たちが書類とタブレットをにらみながら、翌日のプランの相談をしていた。全員はいない。交代で児童たちの寝台を巡回しているのだろう。PTA役員や他の学校の校長は優雅にお酒を飲んでいた。

「山根さん、お疲れさま！　一杯どうですか？　僕らはウーロン茶ですけど」

顔を上げた先生の一人が声をかけてくれた。

「いえ、遠慮しときます。お邪魔しちゃ悪いですし。先生方もお疲れさまです。明日もよろしくお願いします」

車掌の山崎もおり、会釈してくれた。食事のときの大きなワゴンを両手で持っている。これで先生たちに飲み物を運んだのだろう。

挨拶してから通り過ぎた。自分のロイヤルに入る。

たいしたことはしていないのに、見慣れない情景と行動で少々疲れていた。

洗面台で顔と手を洗い、寝具代わりのジャージに着替えた。

翌朝は八時に駅に着き、そこで児童たちは全員降車する。

扉の外の通路で人の気配を感じた。気のせいだろう。列車は時速八十キロで動いている。振動を錯覚したのだ。

翌日の児童たちの行動をシミュレーションしながら、ＪＲＲの宣伝に使えそうな撮影ポイントを頭の中で考える。

（さっき先生たちに、少し話を聞いておけばよかったかな……）

電気をつけたまま、ベッドに横になった。

控えめなノックの音がした。

こんな時間に誰だ？　車掌か？　先生の誰かか？

「こんばんは」

そう言って現れたのは、なんとひよりだった。後ろにはそらもいた。

「んふふん、どうやってきたんだ、って顔に書いてあるわ」

ひよりがイタズラっぽい笑みを向けて言う。

「言ったでしょう。どんな問題にも解決方法があるって」

そらが胸を反らせて言う。しかしジャージなので、あまりエラそうに見えない。

「……先生たちに見つからなかったのか？　まだサロンカーにみんないただろ」

「いましたよ。でも、見つからなかった」

「君たちの寝台に先生たちが巡回に来るだろ」

「それも大丈夫。掛けシーツにカバンを入れて、人っぽくしておいたから」

少女たちはニヤニヤしていた。この謎が解ける？　という顔だ。

とんだトラベルミステリーだ。

「……一番の謎はこれだ。『なぜ君たちはここに来たのか？』」

少女たちの問いには答えられず、自分から問題を増やした。

「それは、こないだの続きをするため、です」

そらが言い終えると、ひよりがベッドに近づいた。

「すごい豪華ね！　知輝さん一人だけこんなところで眠るなんて、贅沢！」

「わたしたちの寝台よりも、ずっと広い。三人寝られるね」

「あはっ、そらはエッチなんだから」

「じゃあ、ひよりは元の寝台に戻れば？　友だちが怪しんでるよ、きっと」

「うわ、イジワルですこと」

きゃはははと少女たちは知輝そこのけで快活に笑ってから、しーと同時に口の前で人差し指を立てた。

小学生のヒトコマ漫才のあと、二人はあちこちに顔を出し、覗き込んだ。狭い部屋なのに、なにを走ることがあるのかと思う。

「シャワーもある！　洗面台もこんなに豪華」

「ひより、こっちにはクローゼットもあるよ」

ひよりは立派な肘掛けのある豪華な椅子に座った。

「ここから大きな窓の外を見られるんだね。でも駅が近づいたら、カーテンを閉めておかないと」

「どうして、ひより？」

そらは頰をふくらませ、ニヤニヤ笑いながら訊いた。答えがわかっているのだ。

「だって、駅の人から中が見えたら、密室にならないじゃない」

なにがおかしいのか、また二人で笑い合う。

「……まあ、せっかくだしどこも覗いてみたいよな」

子供たちに対し、理解あるふうを装《よそお》ったが、これにも予想外の答えが返ってきた。

「ないと思うけど、急に先生が来たとき、隠れる場所をカクホしとかなきゃ」

そらが、したり顔で言う。

二人は修学旅行専用のスリッパを脱ぎ、膝立ちでベッドに乗った。

両手を窓枠にかけ、並んで外を見るさまは、仲のいい幼い姉妹のようだ。

気を取り直した知輝は、同じように膝立ちになり、二人のあいだに割り込んだ。

「ほら、遠くに住宅街の光が見える。あそこから双眼鏡で覗いたら」

知輝は少女たちの小さな肩に両手を回した。

「僕たちが悪さしてるのが丸見えだぞ」

「あは、ハダカでやったら、迫力あるだろうね」

「いまから、やろーぜ」

ひよりに続き、そらもキャラに合わない口調で言った。それともふだん教室で男子と交ざっているときはこうなのだろうか。

「こらこら。ホントに写真を撮られたらどうする。この臨時列車、けっこう鉄オタも注目してるらしいぞ」

「そんなこと言って、あたしたちの肩を撫でる手が、すでにいやらしいよ」

「ほんとは肩じゃなくて、お尻を撫でたいとか。怒らないからホントのこと言って？」

「告白しよう。そのとおりだ」

肩を撫でていた両手を下げ、知輝はジャージの上から二人のお尻に手を当てた。

学校指定のジャージなので、色気もなにもない。小学校の制服や子供らしい私服なら、まだ「罪悪感」という名の彩《あや》があるものだが……。

「ひよりちゃんとそらちゃん、顔や声がわからなくても、お尻の触り心地だけで、どっちがどっちかわかるよ」

「うわー、エッチな鑑定士先生」

「エッチ・スケッチ・ワンタッチ」

そらが耳を疑うような古臭いフレーズを口にした。

「どこで、そんな言葉覚えたんだ？」

「昭和の古いアーカイブ映像です。ネットの動画」

そらも、そんなものを観るのか……。

「ちなみに、あたしとそらのお尻、どうちがうの？」

ひよりが訊いた。単純に大きさのちがいだが、答えるにはデリカシーが必要だ。

「まず、ひよりちゃんのお尻は小さすぎる」

「あー、それ、私のお尻が大きいってことですよね」

即座に、そらがツッコんできた。

「お尻が大きいっていうのは、大人の女性への誉め言葉だよ」

いや、明らかなセクハラなのだが、少女たちは「ふうん」と特に怪しんだ様子はなかった。

ふいに寝具代わりのジャージの尻に手が触れられた。

「んふ、知輝さんのお尻、すごく大きくて硬い」

「どれどれ、あ、ほんとだ」

ひよりに続き、そらも知輝の尻を撫でてくる。痴漢に遭う女性はこんな気持ちだろうか、と妙な気分になった。

「君たちの手は、すごく小さいね。僕のケツを、二人でやっとだ」

「うふん、知輝さんの手なら、私たちのお尻をふたついっぺんに包めるものね」

そらが言うので、知輝は手のひらをいっぱいに広げ、左右の少女たちのお尻を大きくつかんだ。

「うわ……すごく大きく包まれてる」

「圧倒的なスケール感だね。ハリウッドの超大作みたい」

ひよりだけでなく、そらも小学生にしては無駄に語彙が豊かだ。

「さあ、挨拶代わりのお尻ナデナデも終わったし、これからどうするんだ？　学校から持ってきた宿題でもやるのか？」

とぼけて言うと、「宿題なんか済ませてきた」「ねー」という答えが返ってきた。

「じゃあ、エッチな写真でも撮るか」

「エッチな写真？」

「そう。僕のスマホで、君たちのちょっとエッチな写真を撮る」

二人の少女は顔を見合わせた。

「それ、ネットに上げたりしないですか？」

そらが不安そうに訊いてきた。

「しないよ。すぐに僕が特定されて、タイホされる」

ひよりが片手を頰に添えてそらに向かい、小さく言った。

「卒業アルバムに載ったりして」

「きゃあ」

そらがこぶしを口に当て、緊張感のカケラもない悲鳴をあげた。

「いいよ、知輝さん」と二人を代表して、ひよりが言った。

「そこに二人で並んで立ってくれ」

ベッドから下ろし、二人を立たせた。知輝は室内ギリギリ三メートルほど離れ、全身が映る位置に移る。

「はい、笑って。撮るぞ」

ジャージ姿で並ぶ二人の女子小学生を撮った。

学校指定とわかるジャージを着て、ゆるりと立って並ぶ二人の女子小学生。背景が教室でも体育館でもないので、誰が見ても修学旅行か林間学校のスチールだとわかるだろう。特定するのは容易かもしれない。そらに言われなくてもネットに上げたりするつもりはない。

「じゃあ、ジャージの下をずり下ろしてくれるかい？」

さりげない口調で注文をつけた。

二人はまたちょっと顔を見合わせたが、「んふ」「うふふ」と少し不安のにじむ喉声で笑いながら、消極的な動きでジャージの腰ゴムに手をかけた。

二人とも少しだけ下ろすつもりのようだったが、ジャージのズボンはするりと足首まで落ちてしまった。

「ほうほう、君たち、そんなパンツを穿いてるんだねぇ」

いやらしい口調で言ってやった。

ひよりはピンクの縁取りの白いパンツ。正面にピンクのリボンがついている。そらは白地にブルーの格子《こうし》柄の小さなパンツだった。

「うわ、ホントに撮ってる」

「これ、一人だったら無理……」

撮影ボタンを押す。もうこれで卒業アルバムに載せられない犯罪性を帯びた。

「もう少し、過激な写真を撮りたいけど、恥ずかしすぎるか？」

「あたしは、へいき」

ひよりが即答した。そらも続いて、「わたしも……」と同意した。ひよりに負けたくないのだろう。

「ではでは、二人とも、パンツを膝までずり下ろしてくれ」

「はーい」

「え、まじ……？」

手まで挙げて元気よく答えるひよりに対し、そらは不承不承《ふしょうぶしょう》の様子だ。

ひよりはことさらにへいきな自分を、そらに見せつけているように見えた。

こっそり動画に切り替えていた。

上半身を少し屈め、二人の少女はパンツの腰ゴムに手をかけていた。

ゆっくりとずり下ろしていく。両腰が下がり、一泊遅れて股間部分が下がるので、裏生地が富士山のような形になる。クロッチの裏側も丸見えだ。

（あとでズームにしたら、パンツの染みまで見えるかな……）

ひよりに一泊遅れて、そらも膝までパンツを下げた。揺れる寝台列車の中で二人はまっすぐ立つと、開き直ったようににっこり笑った。

（なんだか、昭和の終わりごろの児童ポルノの画像みたいだ……）

数枚保存している触法モノの画像に、雰囲気が酷似《こくじ》していた。

「じゃあ、ジャージの裾をつかんで、持ち上げてくれるかい？　巨乳がすっかり見えるまで」

「いやみー」

「なんかこれ、最初からハダカより恥ずかしいかも……」

それぞれに感想を口にして、そのとおりにしてくれた。

ひよりは一円玉ほどの薄ピンクの乳首マークがあるだけだ。

対してそらは、ふくらみらしいものがある。ただし、むっちりした肢体と同化し、角度によってはぽっちゃり気味の男子と見間違うかもしれない。

「いいね！　そのまま後ろを向いて、お尻をこっちに突き出してくれ」

「えー、それはちょっと……」

そらがつぶやいた。初めての拒絶だ。やめさせるか？

「そっか。そらは知輝さんに見られたことないんだよね。こうするんだよ」

お手本とばかり、ひよりは軽く半回転し、両手でジャージの裾を持ったまま、景気よくお尻を突き出してくれた。

「いいぞ、ひよりちゃん、もっとブワーッってお尻を突き出してくれ。それじゃ、お尻の穴が見えない」

「こうね」

やはり、そらに対して上位を主張したいのか、ひよりはさらに上半身を屈め、お尻だけを強く突き出す。その姿勢のため、お尻の縦線は消え、薄ピンクの縦長の肛門が露出した。

「お尻の穴って……」

そらは絶句していた。

「そらちゃん、恥ずかしいなら、そこで見学してるかい？」

どちらかがイヤがったら即座にやめるつもりだった。しかし、ひよりとそらに温度差があるようだ。一人にやって、もう一人は見るだけ、というスタンスを提案する。

「んー……そうします」

そらはちょっと悔しそうに笑い、上半身を屈めてパンツとジャージをずり上げた。着脱など日常の動きなのだが、ロリコン者が見ると、野趣《やしゅ》をそそる光景に映る。

(小学生相手の3Pは無理だったか)

自分の苦笑いはさぞ犯罪者っぽいものだろう、と内心で思った。

そらは窓の外に向いた一人用のソファを両手で持ち、ベッドが見える位置に動かした。重いらしく、「うんしょ、うんしょ」とつぶやいている。

椅子に腰掛けると、そらは細いくせにタプタプした白い腕を肘掛けに載せた。座り心地はよさそうだ。

「さあ、開演のブザーが鳴ったよ。緞帳《どんちょう》を上げます」

緞帳ときた。そらは両手で、上から伸びた紐を下げる仕草をする。芝居やオペラの観劇の経験でもあるのだろうか。

「観客が待ってるから、急がなきゃね」

ひよりはジャージの下とパンツを脱ぎ去った。

「あは、下だけ脱ぐって、なんか頼りないね」

「しかも白い靴下は穿いたまま。ひより、すごくエッチ」

言われたひよりは、両手でジャージの裾を恥ずかしそうに下に引っ張った。股間を隠すような動きだ。青年漫画誌のグラビアのようだ。

「じゃあ、僕も脱ぐとするか」

知輝は一瞬で素っ裸になった。着脱しやすい寝具代わりのジャージだったので、正味五秒ほどもかからない。

「うわー、一瞬のハヤワザ！」

「品のないイリュージョンね」

二人の少女は険《けん》のある褒め方をした。

「さあ、ひよりちゃん、ベッドへ行こう」

背中をそっと押すのではなく、剝き出しのお尻に手のひらを当てた。

「あー、あたしのオケツに触った！」

控えめな優しい相貌で、そんな言い方をしてくる。

「というか、知輝さん、それ、すごいね……」

ベッドに上がる直前、振り返ったひよりは斜め下を見ていた。

椅子に腰掛けたそらは、それを聞いてニンマリと笑う。

「そら、これを……お口に入れたんだよね？」

子供らしい正直な畏怖《いふ》のこもる声で、ひよりはそらを見た。

「そうだよ。そらちゃん、おいしそうに頬張ってムシャムシャ食べてた」

「その言い方、すごくイヤ……」

困り果てたような笑みで、そらが言う。

「ひよりちゃん、ベッドでうつぶせになってくれ。それでお尻だけを上げるんだ」

ゆるゆるとベッドに上がったひよりが、そのとおりにする。

知輝もベッドに上がり、ひよりの後ろに膝立ちになった。

「ひよりちゃん、お尻の穴、きれいだ……」

白くて小さいお尻に、そっと両手を当てた。

「んふん、またペロペロなさりたいのでは？」

顔をシーツにつけた不自然な姿勢のまま、おかしな上品語で言った。いろいろな意味で違和感が強い。

「ひより、いま知輝さん、すごく怖い顔して、ひよりのお尻をにらんでるよ」

腰掛けたそらが、身を乗り出すようにして言った。

本能的な動きなのか、ひよりのお尻の穴はキュッとすぼまった。

「やだぁ、優しく見て」

笑ったらしく、身体とお尻がフッフッと揺れる。

「こんどは、ヘンタイさんみたいにニヤニヤ笑ってるよ」

「ん、いつもの知輝さんだね」

マンションのエントランスでよくあった、知輝をいじる二人の小学生漫才は、こんな状況でも健在だった。

「静かに。僕はいま、ひよりちゃんのお尻の穴と語り合ってるんだ」

ドン引きの沈黙。そしてひよりが、

「どうりで、お尻がくすぐったいと思った」

本当にくすぐったそうに、ひよりはその姿勢のまま、白いソックスの足先をごにょごにょと動かした。

「えっ、ちょっ……」

椅子に腰掛けたお尻を浮かせ、声を出したのはそらだった。ひよりのお尻の穴をにらみつけたまま、知輝が舌を大きく出したときだった。

「いあんっ……!?」

ひよりはクンッとお尻を引き、一瞬だけ顔をしかめた。

「え、ホントにお尻の穴、舐めてる……」

そらが両手の指を口に重ね、高い声をあげた。女性らしい驚きの仕草だ。

「聞いてたんだろ、そらちゃん？」

「そうだけど……目の前で見ると、すごい……」

「バッチイ、とか思ってるんでしょ、そら？」

「んふ、朝からお手入ればっちりしてたから……ヘンな匂いも味もしない」

「んふ、朝からお手入ればっちりしてたから……あんっ」

得意げに話そうとしたが、肛門をやさしく舐められ、声が途切れた。

そらは立ち上がって覗きにきた。

「うわぁ……ひよりのお尻の穴、知輝さんのダエキで光ってるよ……」

「あん、そらに見られると、なんか恥ずかしいな」

シーツに顔を半分押し付けたまま、ひよりはいたずらっぽく笑う。

「ひよりちゃん、ちょっとだけ、お尻に指を立ててもいいかい？」

「……いいよ」

なんでもないトーンで訊いたが、さすがに返事は一泊遅れた。

「こんなときのために、ジャーン」

知輝は覗き込んでいるそらに向かい、両手のひらになにも持っていないことを示してから、両手を交差させ、ふっ、とコンドームを一枚つまみ出した。

「え、それは、もしかして……？」

「そう、コンドーム。見るのは初めてだろ？」

なにもないところから現れたことより、出てきたモノを見て、そらは目を丸めた。

「え、なになに？」

姿勢的に見えないひよりに、そらは知輝の手からコンドームの正方形のビニールを受け取り、見せた。

「へえ、これ、クルクル巻いていくんだよね？」

「なんで知ってるんだ？」

「うふ、見るのは初めてじゃないですよ。保健体育で先生が見せてくれたの」

「ねー」

ひよりが無理な体勢のまま、小首をかしげて言った。

そういえば、と思い出す。

「男女分かれての授業だろ？　僕もあったわ。先生が一枚持ってきて、順番に回してたな」

「勝手に中を開けて、ふくらます子とかいたでしょ？　あとで男子に聞いたけど」

そらがニヤニヤ笑う。驚いた。そのとおりだったのだ。いつの時代でも男子のやる悪さは同じということか。

「それをどうするのよ？　お尻突き出して話を聞いてたら、風邪をひいちゃう」

突き立てた小さくて白いお尻をフリフリした。ずいぶんエッチな抗議の仕方だ。

「こうやって、指にはめる」

袋を破り、右手の人差し指に巻いていった。

「へえ、そうやるんだ」

二人は高い小さな声で見事にハモッた。

「うわ、舐めた……」

コンドームを嵌めた指を舐めた。唾液で満たすためだ。

「おいしい？　知輝さん」

そらが顔をしかめて訊く。

「ゴムくさいだけ」

コンドームは唾液で照り光った。

「これで、ひよりちゃんのお尻に……」

コンドームに包まれた人差し指を、ひよりの肛門に垂直に向けた。

「あ、なーる」

なるほど、という意味の昭和のスラングらしい。だが「アナル」とかかっていることに、当《とう》のそらは気づいていないだろう。

「え……いきなり、ブスリ、じゃないよね？」

顔をシーツに押し付けたひよりが、不安のこもる笑顔で言った。

「しないよ。お尻の穴、ケガするだろ」

唾液に濡れた人差し指の腹で、お尻の穴を撫でた。

「やん、なんか、くすぐったい……」

「やだぁ、ひより、顔がうっとり。ヘンタイ」

「オチ×チンを頬張ったそらに言われたくない」

言い返しながらも、目を細めた薄笑いは変わらない。

二つの白いお尻の丘に挟まれた肛門は、色素沈着もない薄ピンクの集中線だった。

ひよりの言うとおり、妖《あや》しい匂いはない。朝、シャワーで念入りに洗ったか。

（小学生の女の子が、修学旅行でお尻の穴を男性にいじられる。女の子も、それを前提に朝から丁寧に肛門を洗っておく……これって、普通のことなのか？）

目の前の非日常的な光景に、いくぶん皮肉な笑みが浮かんだ。

まあ、ひよりもそらも、ふだんからそんなところはきれいに手入れしているのだろう。

「あん、ツンツンしてる……」

ダダン、ダダン、ダダン、ダダン……。

列車の音が大きく響いた。橋を渡っているらしい。

コンドームに包まれた人差し指を立て、肛門に優しい振幅を加えていった。

「ひより、真面目に訊くんだけど……気持ちいいの？」

そらが、ちょっと心配そうに訊いた。

「……まだわかんない。くすぐったいだけ、かも」

「ひよりちゃん、少し力を強めるぞ……」

ひよりは返事をしない。そらも何も言わず、身を乗り出していた。

ツンツンツン。極《きわ》めて慎重に、押す力を強めていく。

「なんか、指がめり込んでいきそう……大丈夫なの、ひより？」

「ん。へいき」

「入っちゃいそうだよ……」

心配そうなそらとは対照的に、ひよりは寝ぼけたような緊張感のない声だった。強がりもあるかもしれない。しかし薄く目を閉じた顔は、すやすやと眠る幼児のように特別な感情を浮かべていなかった。

「あっ！」

ひよりとそらが、また同時に声をあげた。

人差し指の先が、ぷっ、と肛門を割り、少しだけ侵入したのだ。そらはそのビジュアルに、ひよりはまさに体感覚として声をあげたのだ。

「ひより、いける？　どんな感じ？」

そらがさらに身を乗り出し、病床の友人を見舞うような声を出した。

「んん……なんか、お尻の穴に、なにかが入ってきてる感じ……」

そらと知輝が目を合わせた。そらの顔には、そのまんまじゃん、という鼻白《はなじろ》んだ表情が浮かんでいた。

「痛くないの？」

「ん、大丈夫。そのまま、もうちょっと続けて……」

やはり寝ぼけたような声で言う。女子小学生がこの状況で催促《さいそく》とは、あっぱれというべきなのか……。

肛門へのデリケートな掘削《くっさく》を続けた。指の第一関節が入り、やがて第二関節も入った。知輝も驚いていた。ひよりは熱を出した子供のような大きな息をしていたが、呼吸のリズムに乱れはなかった。

「すごい……知輝さんの太い指、ひよりのお尻の穴に、ほとんど入ってる……」

そらがまた両手を口に当て、驚いていた。どこか芝居がかった動きだが、これが本当に驚いたときの、そらのアクションらしい。

人差し指は第三関節の根元まで入った。なおも振幅を続けるが、これ以上は入れようがない。

「ホントに痛くないの、ひより?」

そらが繰り返す。信じられない、という高い口調だ。

「……痛くない。ホントだよ。まだいけるかも」

(こんなに入るもんなんだ。小学生の女の子のお尻なのに……!)

知輝自身、アナル遊びの経験はなかった。表に出さないが、非常に驚いていた。

「ひよりちゃん、このまま、動きを少しだけ大きくしてもいいかい?」

「ん。痛くなければ」

ゆっくりと、知輝は人差し指を抜いていった。腸が健康なのか、コンドームにイヤな汚れはついていなかった。第一関節だけを残し、いったんとめる。

「うわぁ……こんな長いのが、ひよりの中に入ってたの……」

そらは笑いながら言おうとして失敗していた。声が震えただけだ。

またゆっくりと人差し指を挿入させていった。こんどは最初よりも速く。

ほどなく指は根元まで入り、また引き抜いていった。そのサイクルを繰り返し、次第にスピードを上げていった。

「お尻の穴、ふくらんだり引っ込んだりしてる。なんか、夢に見そう……」

そらが笑みも忘れ、かすれた声を出した。

この緊張のなか、ひよりがふつふつと笑い、白いお尻が揺れた。

「やめて。あたしのお尻なんか夢に見ないでよ。恥ずかしい。出演料とるんだから」

ひとしきり言ってから、ひよりは目を閉じ、口をつぐんだ。

「……知輝さん、それ、すっごく硬そうに上を向いてるの、自覚あります？」

そらがドン引きの顔になんとか笑みらしいものを浮かべて訊いた。

「自覚あるよ。なんか、ひよりちゃんのココに、チ×ポ入れてる気分なんだ」

「え、ダメだよ。そんなもの入れちゃ」

ちょっと慌てたようなひよりの声。

「日をあらためて。しっかりお尻の穴をトレーニングしてからやろうな」

「うん」

変態的な挑発なのに、ひよりは嬉しそうに即答した。

「じゃあ、ひよりちゃんのコーモン遊びはこのぐらいにしようか」

「ひよりのコーモン遊び……すごいパワーワードね」

女子小学生なら目にするのもキツい変態プレイの終わりに、そらは安堵しているようだった。

ゆっくりと肛門から指を引き抜いた。

「……なんか、すごいこと想像しちゃう」

「想像しなくていい。そらのおバカ」

どんな想像なのかは、あえて訊かなかった。

指を抜き去ると、お尻の穴はゆっくりと閉じた。そのさまを知輝もそらもじっと見つめた。音もなく元の集中線に戻る。

そらがジャージ姿のまままっすぐ立ち、片手をお尻に当てていた。

「んー、なんかわたしまでお尻ムズムズしてきた」

恥ずかしそうに笑うさまが可愛らしい。

「そらちゃん、答えなくてもいいけど、アソコ、しっとりしてるんじゃないか」

「うん、答えません」

そらはにっこり笑い、顔をブンブンと横に振った。

人差し指のコンドームを慎重に抜き取ると、そらが部屋に備《そな》え付けの小さなゴミ箱を両手に差し出してくれた。

「……この電車を掃除する人、このゴミ箱にこんなものが入ってるなんて知らないでしょうね」

そらがバツの悪そうな笑みを浮かべて言う。

「うふん、パパ、ごめんなさい」

ひよりは、からかうような口調だ。

「さあ、これで終わりかな？　ここに来たときみたいに、先生たちに見られずに自分たちの寝台車に戻るか？」

白くて小さなお尻を両手で撫で回しつつ、知輝はひよりとそらに訊いた。

「なに言ってんの。まだプロローグだよ」

抗議するようにお尻を突き出して、ひよりが言う。はしたないが可愛い仕草だ。

「そう。まだ序夜、『ラインの黄金』なんだから」

耳を疑う。ラインの黄金？　序夜？　そらはワーグナーの『ニーベルングの指環《ゆびわ》』を知っているのか……？　だがツッコむのはあとだ。

「これ以上、僕にどんな罪を重ねさせようというんだ。僕の罪状はどんどん重くなってるんだぞ。バレて捕まったらどうなるか」

こんなことを口にするのが、大人としてみっともないという自覚はある。

「んー、懲役百年ぐらい？」

「シケーでしょ」

なにがおかしいのか、少女たちはケラケラと笑った。

「……いまから、あたしと、せっくす、するの」

ちょっと表情をあらため、ひよりが言った。姿勢を戻し、シーツの上でいい加減な女座りをしている。上はジャージで下は剝き出しだが、ジャージの裾が長いために、あんがい性器が見えることはなかった。

チ×ポとは笑いながら口に出せても、セックスの発声に抵抗があるようで、発音がおかしかった。

「この修学旅行、あたしたちにとって、模擬《もぎ》の新婚旅行なんだよ」

ひよりが目を細め、優しそうな口調で言う。新婚旅行？

「そう。どっちか一人だったら荷が重いから、二対一。十五年後の、新婚旅行の予習をするの。そのサンプルの男性モルモットが、知輝さんなの」

そらもとろけるような優しい笑みで、えらくキツイ言い方をした。

二人で顔を合わせ、「ねー」などと言っている。

「二人とも、ちょっと落ち着いて聞いてくれ」

知輝は両方の手のひらを少女たちに向けた。

「いやです。聞きません」

即答で拒絶したのはそらだった。目尻の下がった優しい笑みはそのままだ。

僕も調子に乗って悪さをしたのは認める、だがセックスはただじゃすまない、君たちのアソコが傷つく可能性がある、楽しい修学旅行が台無しになるかもしれない。

そんなことを言おうとしたのに、いきなりの拒絶で言葉の接《つ》ぎ穂を失った。

「もう決まったことなの。神様にもプランの変更はできないらしいよ」

控えめな表情のひよりが、得意げな笑みを浮かべる。

「でも、小学生の女の子が、セックスなんて……」

そらが二本の指を口元に持っていき、笛を鳴らす仕草をした。

「もしも危険そうだったら、わたしがホイッスルを吹いて片手を挙げます。そうしたら知輝さんは動きをとめるの。それでどう？」

　上品な笑みはそのままだが、雰囲気に必死さが伴っている。

「……二人がいいって言っても、僕がダメそうだと判断したら、やめるからな」

と言うと、二人の顔に子供らしい喜色満面《きしょくまんめん》の笑みが浮かんだ。

「じゃあ、始めようよ。善は急げ、だよ」

　ひよりが言う。

　知輝はふと思った。最近はあまり耳にしないが、テレビドラマ、映画、小説などで、善は急げ、と口にするのはたいてい悪役だ。「おっと、これは善じゃなかったっけ」とセルフツッコミが続くのがお約束だった。

「どうすればいいの？」

「訊くまでもないだろ。まずは、すっぽんぽんになる」

「ヨシッ、すっぽんぽん！」

　ひよりはジャージの上と、その下の白いシュミーズも一瞬で脱いだ。重なった着衣を投げると、慌ててそらが受け取った。

「一番、オーソドックスでスタンダードで普通でノーマルなやり方でやるぞ」

「なんでもいい。痛くなければ」

「そのまま仰向けに寝てくれ。ごろんと。脚をちょっと開くんだ」

「なんか、診察台に載ってるみたい……」

ドライな声で指示され、ちょいと不安な声だった。

「うふ、ドキドキ。ひより、頑張って」

「ありがと、そら。あたし、この手術、乗り切ってみせるから」

二人は本当に手を取り合った。昭和の悲しいドラマのようだ。

「さあ、手術中の赤いランプが灯《とも》ったぞ。そらちゃんは待合室で指を組んで祈っててくれ」

「ああ、神様」

指を組んで斜め上を見上げた。じっさい不安はあるようだ。いつもの小学生漫才がしつこい。

「ひよりちゃん……」

知輝は裸のひよりに、ゆっくりと覆いかぶさった。

「あん、知輝さん……」

体重をかけすぎないように気をつけつつ、華奢な肢体を抱きしめると、ひよりも細すぎる腕を知輝の背中に回してきた。

「あああ、知輝さんの身体、大きい……」

汗ばんだ小さな手のひらで、ペタペタと知輝の背中を撫でまわしてくる。

「ひよりちゃんの身体は、すごく小さい。かわいいよ……」

隣で座って見ているそらが、手のひらを口に当てた。

「うわ、ロリコン……」

冷やかしの口調だが、はっきりと羨望《せんぼう》がにじんでいた。知輝への侮蔑《ぶべつ》ではなく。

両腕をシーツの下に回し、しっかりと抱きしめた。

(ひよりちゃん、こんなに小さいのか……)

あらためて驚いた。乳房のあるなしの次元ではなかった。

胸圧も大人の女性の比ではない。六年生なので、登下校中の低学年に比べれば大きく見えるが、やはり恥毛も生えていない女児なのだ……。

上下で見つめ合い、唇を重ねた。ソフトなキスをしながら、ひよりの頭を撫でた。

(口も、頭も小さい……肩もだ)

剝き出しの肩もそっと撫でたが、硬さが強く印象に残った。下の鎖骨《さこつ》や肩甲骨《けんこうこつ》がかなり生々しく手に伝わってくる。全体に女性としての脂肪分が不充分で、その意味では、まだ男でも女でもない「子供」なのだ。

「あん、妬けちゃう。うらやましいな……」

そらが本音らしい言葉をつぶやいていた。

「あったかい……知輝さんが、あたしのベッドの掛け布団だったらいいのに」

子供らしいシュールな希望を口にした。

「いつでもお布団になってあげるよ。これから毎晩、僕だと思って掛けシーツを被るといい」

「やん、眠れなくなっちゃいそう。んふふ」

また、えらく子供らしい反応だ。笑い声まで幼くなっている。

唇をむさぼり、小さすぎる両肩を同時に撫でた。

剝き出しの両脚を絡ませようとしたが、うまくいかない。身長が低いのと、ふともがまだ細すぎるためだ。ひよりの爪先が、自分のひざ下に当たっている……。

これまで経験したどんな女性とのセックスともちがう。ランドセルを背負う年齢の女児に悪さをしている実感が、全身から伝わってくる。

左右から二の腕をつかみ、身体をズルズルと下げた。

まったくふくらみのない胸に、輪郭も不確かな一円玉ほどの乳首がほんのり薄ピンクに浮いていた。

舌を出し、チロリと舐める。

「ああんっ……」

とたんに白い小さな胸がざわつき、鳥肌が立った。

「ひより、すごいエッチな声……」

ツッコミのつぶやきが聞こえたが、やはり羨望がこもっていた。

左右の乳首を、優しく舐めた。二の腕ごとつかんでいるが、そんな必要がないほど、
ひよりは肩を強くすくめていた。肩幅がさらに小さくなり、相対的に頭が大きく見える。もともと子供とは頭でっかちな生き物だ。

細い両腕から手を離し、わき腹をそっと両手でつかんだ。

「んん、くすぐったい……」

目を閉じたまま、ひよりは口元だけで笑った。

(ひよりちゃんの骨格も、こんなに小さい……いや、そもそも肉づきがない)

その下の肋骨も、かなりはっきりと手のひらに伝わってきた。その小ささもだ。

くすぐったさを刺激しないよう、ゆっくりと手のひらを下半身に下げていった。同時に自分自身もさらに下がっていく。

「ひよりちゃん、おへそが縦長だね。ナマイキだぞ」

おへそに向かってからかうように言い、穴を一周してから一瞬だけ中をほじった。

ここに性感がないことは経験的に知っている。

なおも身体を下げていく。

スレンダーでやせっぽちな印象だが、両手をスライドさせながら下げていくと、骨盤はそれなりに膨らんでいるのがわかった。控えめだがウェストも正しい位置で細くなっている。

「ひよりちゃんのオマ×コ、真っ白だよ。ほんとにかわいい……」

我ながら、ひどいヘンタイ発言だ。すかさず、そらがツッコんだ。

「それは、毛が生えてないから……？」

「ピンポーン」

開き直ってやった。

曲線のYの字に、清楚《せいそ》な一本線が刻まれている。一度見ていて舐めてもいるが、感動は少しも小さくない。淫蜜がちょっと漏れているようだ、大陰唇の周囲が中途半端に濡れ光っている。

デリケートなふくらみの縦線を割るように、チロリと舐め上げた。

「あんっ！」

ひよりは顎を出して高い声をあげた。

そらは何も言わなかったが、肩をすくめて両手を口に当てていた。

「ひよりちゃん、脚を広げて」

優しく言いつつも、知輝はひよりの両膝をつかみ、そっと広げさせていた。

(腰から膝までが近い……それに、膝小僧まで小さいよ)

どこに触れ、どんな動きをしても、子供に性犯罪をしている感覚が付きまとう。広げさせたふともも、頼りないぐらい質量がなかった。形はこんなにいいのに。

ふとももは容易に全開になった。身体がやわらかい。

左右に開いたふとももの内側は、眩しいほどに白かった。当然だが、シミもセルライトもない。どんな角度から光を当てても、影ひとつできない滑らかさだった。

「ひよりちゃんのオマ×コ、ちょっと開いてる。僕を歓迎してくれてるみたいだ」

至近距離で女児の性器を見つめつつ、つぶやいた。

「えー……わたしも言われるのかな。そらの……オマ×コ、とか」

ドン引きと期待の混じった、なんとも言えない表情と声音だった。

「楽しみにしててくれ」

チラリとそらを見て言うと、そらはあいまいな笑みを浮かべて二度肯いた。

「……ひより、恥ずかしくない？　そんなカッコで見つめられて」

「あたしと知輝さんは、もう信頼関係ができてるから」

そう言って、ひよりは両手で知輝の頭を包んだ。

そらの顔に悔しそうな苦笑いが、つかの間浮かぶ。

「あんっ、いやっ……！」

だが優しそうで挑発的な笑みは、短い悲鳴で消えた。

知輝が舐め濡らした唇を、そっと少女の恥裂に触れさせたのだ。

女児独特のゆるいふくらみ全体を包むように、縦に大きく口を開け、カプッと触れさせた。

（クンニの経験は何度もあるけど、こんな感触は初めてだ……）

いわゆるビーナスの丘自体の小ささもあるが、恥毛の一本も生えていないのが、なにより大きい。

「この輪ゴムみたいな細いのが小陰唇……これが、クリトリスを包む皮か」

逆説的だが、女性器の仕組みを初めて正確に理解できた気がした。

大人の女性器は見た目が複雑なうえ、深い陰毛に包まれている。まだ単純な構造で茂みを分け入る必要がないので、画《え》としてわかりやすいのだ。

「あんっ、あんっ……ああっ！　ああああんっ！」

巻き舌で懸命に性器を舐めると、ひよりは声圧のない細い高い声で喘いだ。小さな肩をすくめ、両方のこぶしを口にし、ツラそうな顔をときおり左右に振っている。そらに優位を見せつけるためではなく、本当に余裕がなくなっている。

「ああ、おいしい……おいしいよ、ひよりちゃん」

激しく舐め上げながら、知輝は不明瞭な発音で言った。二人の少女から直接「ロリコン者」と言われたので、羞恥や自己保身の気持ちはもう消えている。

「やだぁ、知輝さん、ワンちゃんみたい……」

そらがかすれた声で漏らした。怖れの伴う笑みが薄く浮かんでいる。

「うふ、わたし、こんど犬を飼うことがあったら、トモキ、って名付けようかな」

憎まれ口だろうが、つかの間、知輝はバター犬を想像してしまった。

赤いランドセルを背負いながら脚を広げ、剝き出しにした性器にバターやジャムを塗って犬に舐めさせているそら……。

「そらちゃん、犬なんて飼わなくても、僕が舐めてあげるよ」

「やぁだ、そんなことさせるために飼うんじゃないですよ」

いもしない犬に嫉妬を感じている大人の自分。内心で失笑した。

舌の根に力を込め、ひよりの膣穴を深く抉った。

「ああんっ……知輝さんの舌、入っちゃう……」

ひよりがまた顎を出し、緊迫した高い声をあげた。

「痛い、わけじゃないよね、ひより？」

そらが腰を浮かせて心配する。

ひよりは薄く目を開けてそらを見た。

「ちがうよ。もっと、来てほしい……ああんっ」

リクエストに応《こた》えて、知輝は渾身の力を舌の根に込め、ひよりの膣奥を深く抉った。

ひよりの膣壁は舌に似た弾力とぬめりがあり、舐め心地がよかった。

「もっと……もっと、奥まで、来て、知輝さん……」

「無理だよ。僕の舌が三十センチぐらいあれば別だけど」

「やっぱりワンちゃん飼おうかな」

そらが混ぜっ返した。

淫蜜と唾液で濡れ光る無毛の性器に、知輝はチュッとキスをした。

そうして再び、ずるずると身体を上げていった。

真上からひよりを見下ろす。小さい顔だと思う。だが小さな肩もすくめているので、やはり小さい顔が大きく見える。人形のようだな、と思った。

「ひよりちゃん、チ×ポ、入れてもいいんだな？」

「ん。きて」

華奢で細い腕をWの字に曲げているさまは、乳幼児のようだ。

知輝は上半身を起こした。開かせたままのひよりの細いふとももをぐっとつかみ、引き寄せる。

完全勃起を果たし、まっすぐ上に向かってそそり立つペニスの根元をつかんだ。

「そんなもの、ホントに入るの……」

立ち上がったそらの声には、怖れと懐疑《かいぎ》と、若干の非難がこもっていた。

「大丈夫。無理そうなら、すぐに引き返すよ。さっき言っただろ」

男根の切っ先を下げ、幼い膣に向けた。ひよりの性器がしっかり潤《うるお》っているのは、クンニリングスでわかった。だが年齢的に不可能なことも明白だった。

少女たちに好かれたロリコン者として、役得を楽しもうとする下心は大きい。

だが、ひよりの身体を傷つけることは許されない。少女が納得する形で、途中で引き下がろうと思っていた。自分の欲望を優先するのは論外だ。法律上はいまの段階でも重罪だが、ロリコン者の知輝の線引きは違っていた。

「それ、全部入ったら、ひよりのおへそぐらいまでいっちゃうよ……」

そらの口調に不安になったのか、ひよりが薄く目を開けて、知輝を見た。

「やさしく、してね……」

「わかってる。心配するな」

強い既視感を覚えた。大学時代に童貞を捨てていたが、うち同級生二人がバージンで、挿入直前ひよりと同じセリフをつぶやいたのだ。

膝立ちで踵を尻につけ、上半身を安定させた。

仰角《ぎょうかく》を下げたペニスの先を、一センチほど開いたひよりの恥裂にピタリと当てた。

「あ、あんっ……！」

触れただけなのに、ひよりは顎を出して声をあげた。不安は小さくないのだろう。

予防接種を受ける幼児のような声だ。

「まだ入り口にも入ってないよ、ひより」

からかうような言い方だが、友だちを心配する口調だ。

「ん……ちょっと、びっくりしただけ」

照れ笑いを浮かべようとして失敗している。

「そらちゃん、ひよりちゃんの顔と声に気をつけててくれ。僕も慎重にやるけど」

「はい」

執刀《しっとう》助手のような緊張のこもる返事だった。

いつもは笑って頬がふくらみ、子供らしい顔つきなのに、緊張で表情が消えたそらの顔は、存外にシュッとした面立《おもだ》ちになっていた。

「いくよ、ひよりちゃん。痛かったら言ってくれ。すぐにとめるから。片手を挙げてもいい」

「歯医者さんみたいですね……」

心細そうにそらがツッコむと、ひよりは目を閉じたまま、口の端だけを上げてかすかに笑った。

上半身を伸ばし、ペニスの根元をしっかり握った。

きわめて慎重に、腰を前に進めていく。

「ああっ、あああああ……」

ひよりが声をあげたが、まだ痛みはないはずだ。怖れのためだろう。

「大丈夫？　ひより」

「ん、へいき……」

亀頭の半分が入っただけだ。不安が大きいなら、早めに中座の必要があるかもしれない。

一ミリ刻みで埋没《まいぼつ》していった。

「いまね、オチ×チンの先っぽの丸いとこが、全部入った」

「……だね。感じる」

亀頭がすっぽり収まると、薄ピンクの小陰唇が輪ゴムでとめるように亀頭の首根っこに引っかかった。歓迎なのか、これ以上の侵入を阻止しようとしているのか。

「痛みはどうだ？　このまま続けてもいけそうか」

知輝は腹筋に力を入れ、早口で訊いた。

すぐに返事をしなかったひよりは、薄目を開けて知輝とそらを見た。

「知輝さんとそら、誰にも言わない？」

この状況で、なにをカミングアウトしようというのか。

「……いまのとこぐらいまで、指が入ったこと、あるの……」

二人の反応を見たくないとでもいうように、ひよりは目を閉じ、顔をそむけた。

「……痛かったら、言えよ」

なおもジリジリと挿入を続けようとした直後、

「いっ！　痛っ……！」

ひよりがシャープな声をあげた。知輝は動きをとめる。

「……なんか、ピリッ、て、きた……」

ひよりは目を閉じたまま、眉根を寄せてつぶやいた。

「それ、たぶん、処女膜を破ったんだと思う」

知輝が怖るおそる言うと、ひよりは目を開け、まっすぐ知輝を見た。

「しょじょまく……あたし、その……処女じゃなくなったってこと……？」

「そう」

ツラそうな表情に、ゆっくりと笑みが広がり、ひよりはそらを向いた。

「そら、訊いた？　あたし、大人の女の人になったんだよ」

そらは口の端だけで笑みを浮かべ、音の出ない拍手をした。

「うらやましいでしょ？」

「うん、とっても……でも、まだオチ×チンは半分も入ってないよ」

乳房と厚みのない華奢な胸を、ひよりはゆっくり上下させていた。

「そのまま、ゆっくりきて……ダメそうだったら、ほんとに言うから」

「わかった」

亀頭がすっぽり収まり、抜ける心配がなくなったので、ペニスから手を離し、両手でふとももを取った。質量のなさに違和感がつきまとう。いたいけな女児に悪さをしている罪悪感が頭を去らない。

ひよりの表情に細心の注意を払い、息もとめるほど気を張りつつ、ゆっくりとペニスの埋没を進めていった。

「いま、半分ほどだよ。ひより、どう？」

身を乗り出しているそらの問いに、ひよりは薄く目を開けた。

そして意外な言葉を口にした。

「……あたし、痛そうな顔してる？」

「うん、すごく」

子供がつらそうな顔をするのは見るに忍びないが、知輝の見たところ、ひよりは痛みとも陶酔《とうすい》とも笑みともつかない、説明しにくい表情を浮かべていた。

「……わかんないのよ。ほんのちょっと、痛みもあるかもだけど……異物感もすごいの。窮屈だし……」

かすかな喘ぎとともに、感想を小出しにしていた。ひよりにしては珍しく、どこか要領を得ない言い方だ。

「気持ちいいのも、あるってこと？」

「わかんない。そうかも……んんっ！」

あいまいに答えていたひよりは、ときおりツラそうに喉声をあげ、顎を出した。

「もう、ほとんど入ってる。知輝さんは、どうなの？」

ハラハラした口調で、こんどは知輝を向いた。むろん知輝の受ける痛みなどを聞いたわけではないだろう。

「すごく締め付けて、気持ちいい……でもそれは、ひよりちゃんの負担が大きいってことだろうな」

社会人時代も含めると、バージンの女性は三人経験している。しかしこんなに緊張したのは初めてだった。

「んんっ！　あああっ……！」

ひよりが顎を出し、眉根を強く寄せた。

「ひより、大丈夫？」

ペニスの先が、なにかやわらかいものに触れた。ひよりの子宮口だろう。

「最後まで、入ったんだ。ひよりちゃんの、奥を突いてる」

そらは結合部に目をやった。

「……あんな長いのが、全部入ったんだ」

そらは小学生らしい、畏怖に満ちた高い声を出した。

無毛の女子小学生の陰唇は知輝の陰茎の太さのままに広がり、処女破瓜《はか》の赤い血が白い大陰唇の周りにこびりつき、乾きかけていた。

まごうことなき、忌《い》まわしい性犯罪現場の眺めだった。

「どれ？　あたしも見たい」

顔はしかめたままなのに、意外に気丈《きじょう》な声でひよりは言い、上半身を起こそうとした。そらが慌てて近寄り、介護士のようにひよりの背中に手を入れ、助けた。

「んっ……んんん、すごいイブツ感……」

その動作のために、ペニスは一センチほど抜け、そしてすぐに刺し貫《つらぬ》いた。全神経が性器に向いているため、わずかな動きでも鋭敏に感じるのだろう。

「わあ……すごい。あたしのアソコ、かわいそう」

声はかすれているが、口調は憐《あわ》れんでなどいない。

ひよりは顔を上げて知輝を見た。そしてツラそうな顔が、目尻を下げた優しい笑みに変わった。

「んふ、知輝さんとあたし、ぴったりの合鍵だったんだね」

知輝もそらも虚《きょ》を突かれ、すぐに反応できなかった。

「この状況で、そんなことゆー」

お笑いのツッコミのような口調だった。笑っているので安心感もあるのだろう。

そらはゆっくりと、ひよりを仰向けに戻した。

「でも、これで抜いて終わり、じゃないんでしょう？」

そらが言いにくそうに訊いてきた。

「そう。知輝さんがあたしの中に、たっぷり精液を出してくれなきゃ」

控えめで優しい笑みを残したまま、ダイレクトな表現をしてくる。

「でも、僕がよっぽど興奮しないと出ないんだぞ。ひよりちゃん、耐《た》えられるか？」

「よっぽど興奮って……？」

訊いたのはひよりだが、二人とも同じ不安な顔をしていた。

「ひよりちゃんに突き刺したまま、バコバコ動くんだ。そうするとチ×ポが強烈に気持ちよくなって、精液が出る」

「バコバコって……」

つぶやいたそらが、ひよりを見た。耐えられるの、と顔で訊いている。

「やって……知輝さん。ダメそうなら途中で言う」

苦痛に耐えるような弱々しい声なのに、決然《けつぜん》とした意志が伝わってきた。

「わかった。じゃあ……動くぞ」

細いふとももをしっかり両手に取り、腰に神経を集中させた。

ゆっくり引き抜いていく。

「あ、出てきた……ひより、わかる？」

「……わかる。先っぽの丸いのが、中で出ていってる……」

「すごい、こんな長いのが入るなんて……ちょっと血がついてる」

軸棒が三分の二ほども出たところで、そらがまたつぶやいた。心配そうだ。

「あああ、知輝さん、出てっちゃダメ……」

「大丈夫だよ、ひより。なんかうまく引っかかってる」

亀頭だけを残してペニスが出たとき、ひよりが不安そうな声を漏らした。

亀頭の首根っこを、ひよりの薄ピンクの小陰唇がぴったりと挟んでいた。

「逃がさないようにしてるみたい……」

そらが不思議そうにつぶやく。

「ひよりちゃん、また入れて大丈夫かい？」

「ん」

そらが見つめるなか、知輝は再び挿入していった。

最初の一回目より、ほんの少しだけ、スピードが速かった。

とん、と亀頭の先が、やわらかな子宮口を突いた。

「あん……また来たんだね、知輝さん」

余裕などあるはずはないのに、ひよりは口元にだけ薄笑いを浮かべた。

「すごぉい……女の子の身体、こんなふうになってるんだ……」

そらのかすれた声に、知輝は吹き出しそうになった。自分も女性なのに、どこか他人事のような言い方だ。

「そんなのに驚いてどうする。いつかはここから、赤ちゃんが出てくるんだぞ」

「そっか……」

驚きが覚めないまま、そらは納得のつぶやきを漏らす。

「ひよりちゃん、こうやって入れたり出したりを繰り返んだ。始めるぞ？」

「大丈夫、と思う……」

「ひより、痛かったらホントに言うんだよ」

そらが身を乗り出して言う。

ひよりは薄目を開けてそらを見た。ちょっと笑って「ありがと」とつぶやく。

ペニスを引き、亀頭でとめた。さっきよりも速い。ひよりの顔から薄笑いが消え、顎を出し、眉根に小さなしわを寄せている。

またペニスを挿入していく。スピードを上げた。

「んんっ！　あああっ……！」

「知輝さん、ひより、痛がってます」

非難のこもる声をそらがあげた。しかし、

「んんっ！　そらっ、ちがうの……痛いわけじゃない……知輝さん、そのまま」

言い終える前に、ひよりはまた強く目を閉じた。亀頭が子宮口を突いたのだ。

「そのままって……スピードを落とすな、ってこと？」

知輝とひよりの顔を交互に見ながら、そらは信じられないものを見るような顔をした。これが苦痛に耐える顔でなくてなんだというの、という疑問が浮かんでいる。

入れて子宮口を突き、抜いて亀頭の首でとめる。そのサイクルを次第に速めていった。電車の揺れとは別に、ベッドがわずかに前後にきしむ。

「ああっ……あああっ、すっ、すごっ……いやっ！　あああっ」

ピストン運動がリズムに乗ると、ひよりは前後運動で割れた嬌声をあげた。

「ひよりのアソコ、赤くなってる……知輝さんのアレも、真っ赤っか……」

「ひよりちゃん、大丈夫か？」

「んっ、へいき。身体、バラバラにっ、なっちゃい……そうだけどっ」

嬌声の合間を縫って、ひよりは高い声で返事した。

「バラバラって言ってるよ。知輝さん、ちょっとスピードを落として——」

「ダメッ、そのままっ！　ゆるっ……ゆるめちゃ、ダメッ」

おろおろしたそらの気遣いに、ひよりはほとんど絶叫で拒絶した。

プライバシーを重視した個室だろうが、外に声が漏れないか心配になる。

（まさか、ここまでピストン運動ができるなんて……）

興奮の渦中《かちゅう》にありながら、知輝は驚いていた。ペニスの三分の一も入らないうちに、ひよりが音をあげると思っていたのだ。こんな小さな身体で、大人の女性にするようなピストン運動が耐えられるものか？

（個人差なのか？　だけど子供だ。調子に乗ってちゃダメだ。でも僕自身も……）

触法モノのロリ画像を見ながら、挿入など不可能な年齢の女児を思い浮かべ、ともに絶頂に向かうような自慰を何度かしたことがある……。

（ひよりちゃん、オマ×コはもう大人の準備ができていたってことか？　僕ももうすぐ……射精が近い）

少女たちにはああ言ったが、現実にセックスにおよび、射精までするとは想像もしていなかった。ロリコン者にとって、身に余る僥倖《ぎょうこう》ではあるが……。

「ああっ、あああっ！　いやっ、ちょっ……あああっ、いやああっ！」

ピストン運動は猛烈《もうれつ》な速さになっていた。

ひよりの黄色い声は緊迫感を増し、喉の奥から絞り出していた。

（おっぱいがないから、迫力はぜんぜんない……頼りないぐらいだ）

これまでの大人の女性経験では、この速さになると、ピストンに一泊揺れて乳房が揺れていた。乳房そのものがなく、そもそも全体の質量がなさすぎるので、目からの情報も違和感が強かった。

「あああっ、あああんっ、ともっ……知輝さ――あああっ！」

「知輝さん、ちょっと……もう少しゆっくりやってあげて」

見かねたそらが、また言った。身内の心電図を気にする親族のような不安顔だ。

「ダメッ！」

ひよりも再び強く拒絶する。

「遅くしちゃ、ダメ。んもっ……もっと、速くてもっ、いいのっ！」

嬌声を割って、そんなことを早口で叫んだ。

そらは呆気《あっけ》に取られて、ひよりを見つめていた。

垂れ目の優しい笑みの少女が驚きに目を見開かせたら、こういう顔になるのか。

あえて、といおうか、知輝は動きをゆるめていき、そしてペニスをひよりの最奥に置いて、動きをとめた。

「知輝さん、どうして……？」

ひよりは息を乱しながら、泣きそうなか細い声で抗議した。

知輝に、文字どおりの助平心が湧いたのだ。

開かれたばかりの幼い膣は、強い締め付けでペニスを包み込み、怖ろしいほどの快感をもたらしていた。ひよりに強く痛がる様子はない。最初からこれだけのピストンに耐えられるなら、すぐに射精するのはもったいない……。

「ひよりちゃん、姿勢を変えてやってみないか。たぶん、もっと気持ちよくなるぞ」

「姿勢を、変える？」

ひよりにもそらにも、特に期待らしいものは浮かんでいなかった。疑問だけだ。

「さっきみたいに、うつぶせでお尻を上げるんだ。その姿勢でやってみる。抜くよ」

「え、ちょっ……ああんっ！」

抜き去る瞬間、ひよりは快感の残滓《ざんし》のような高い声をあげた。

「さあ、うつぶせにしてやろう」

まだ息が荒く、力が入らないようなので、知輝は細い腰をとり、上下をひっくり返してやった。

(コロンとひっくり返っちゃったよ……)

ほとんど力は入れていない。小さな身体は呆気ないほど軽く半回転してしまった。

「そう。これでお尻を上げる。ほら、大サービスでやってあげよう」

やはり自分で動く意思はないようで、知輝は両手で腰をとり、持ち上げた。

小さなお尻だが、この姿勢になるといくぶん大きく見える。

「あん、まちがって、お尻に入れちゃ、ダメだよ……」

ひよりが力なく言い、片手をお尻にやった。仕草がかわいらしい。

「言ったじゃないか。そっちはいつかのお楽しみだよ」

「ひより、どんな気分なの?」

「そら、ほんとに痛いだけじゃないんだよ。それもちょっとあるけど……なんか、身体じゅうがビリビリくるの……言いにくいな。指の先まで痺れる感じ」

さしものひよりも、適切に表現する語彙を持ち合わせていない。

「それは……気持ちいいってこと?」

訊きにくそうに、そらが訊く。

「そうかも。こんな感じ、初めて」

不自然にお尻だけを上げた友人を見てから、そらは知輝に向き直った。

「そんな格好で、入るんですか？」

「スタンダードでポピュラーで、人気のある体位だと思うよ」

突き立てたお尻を、そらは深く覗き込んだ。

「へえ……なんか、お尻の下に、もうひとつお尻があるみたい……」

ちょっとおかしそうなトーンで、そらが言った。

「女の子なのに、知らなかったのか？」

そりゃ愚問《ぐもん》でした。

「そんな姿勢で自分のは見えないですよ。わたし、お姉ちゃんも妹もいないし」

「ふうん……お尻の穴とアソコって、こんなに近いんだ」

そらが重ねて不思議そうに言う。

「勉強になるだろ。ここに、こうやってチ×ポを入れるんだ」

「あああっ……！」

砲身を下げ、亀頭の先を恥裂に当てると、とたんにひよりが高い声をあげた。

「ひよりのアソコ、血が……知輝さん、優しくやってください」

白い大陰唇の周囲の血液は固まりかけていた。友だち思いの声を聞くと、罪悪感がしみじみと湧いてくる。

白くて小さなお尻をやさしく撫でた。さっきよりも少し熱くなっているようだ。

「ひよりちゃん、ゆっくり入れていくから、痛かったら言ってくれ」

「それ、さっきも言ったよ」

うつぶせで横顔をシーツに押し付けたひよりに言われた。

「姿勢を変えたから、さっきより印象がちがうと思う」

「キツいってこと？」

「そうだ。いくぞ……」

それ以上質問をさせず、知輝は白いお尻をつかんだ両手に力を入れ、ほんの少し、腰を前にやった。

「ああっ、あああっ……！」

ひよりが高い声をあげ、その姿勢のまま顎をのけぞらせた。

「大丈夫、ひより？」

そらが慌てて声をかける。

「大丈夫……ごめん、ちょっと、びっくりしただけ……」

照れ笑いを浮かべようとして、また失敗していた。

「そう、痛かったら、いまみたいな声を出すんだ。いくよ……」

あまり大声を出されると、外に漏れる恐れがある。ロイヤルスイートにいるのは自分だけだが、サービスの山崎が来ないとも限らない。

(え？)

ふと、なにかパズルが嵌《はま》るようなひらめきが起きそうになった。

しかし熟考している状況ではない。

「んああっ……知輝さんのチ×ポコ、さっきより大きくなった？」

キツい体勢のまま、ひよりが訊いた。チ×ポコ、とたしかに口にした。知輝が教えるまでもなく、イケナイ言葉は少しは知っているようだ。

「そうじゃない。この姿勢だから、ひよりちゃんのオマ×コが狭くなってるんだ」

「つっ……」

三分の一ほどが入ったところで、ひよりが呻いた。処女膜を破ったあたりだ。

一瞬だけとめて、すぐにゆっくりと挿入を続ける。

「あああ、ホント、キツい……入ってくるのが、すごくわかる……」

「大丈夫なの、ひより……」

「あは、大丈夫なんだって。おススメ度、百パーセントだよ!」

言い終えた直後から、ひよりはまた強く顔をしかめた。

「いま……半分ちょっと入ってるでしょ？」

「そう。よくわかるな。さすが」

「へっ」

悪ガキのように笑い飛ばしたのではなく、「えへへ」と笑いそこなったらしい。

「んぐっ……キツい。でも、いい……お腹が、熱い」

ひよりが切れぎれに声を出す。最初のときより緊張感は薄いが、受ける官能はさっきよりも大きいにちがいない。

「んあっ、んああっ……! お腹が、チ×ポで、いっぱい……!」

ひよりにしては文法的に怪しい表現だ。余裕のなさがうかがえた。

「……すごい。またひよりのなかに、ほとんど入ってる……」

そらが覗き込んでかすれた声を出す。正直、位置的にちょっと邪魔だったが。

ずん。亀頭の先が子宮口を突いたとき、そんな音が聞こえたような錯覚を覚えた。

「ああっ!」

亀頭の先が喉元にまで届いたかのように、ひよりが顎を出した。

知輝の鼠径《そけい》部に、白くて小さなお尻が触れていた。

(でも、硬いな。お尻が骨ばってるのが、チ×ポの横の感触でわかる……)

この姿勢でのセックスの経験はある。大人の女性のお尻は、もっとやわらかく優しい感触だったのだ。

「どうだ、この姿勢で、さっきみたいにバコバコしても大丈夫か?」

「……ゆっくり、始めてちょうだい」

決然とした口調だった。育ちのよさがかすかにわかる。

ペニスをゆっくり引き抜いていった。

「すごく、痛そうに見えるんだけど……」

「んんんっ……痛くないんだって。そらも、明日……」

ひよりは言葉を切った。明日? 明日は電車を降りて、児童たちは温泉旅館に泊まる予定だが……?

ひよりの膣道は、無毛の女子小学生にしてはあっぱれな潤いに満ちていたが、それでもキツく、ペニスを引き抜くのにも力を必要とした。

亀頭の首根っこで、やはり小陰唇にキュッと挟まれた。それ以上出ていくことは許さない、というように。

ひよりは苦しい姿勢のまま、ゼイゼイと呼吸していた。

「大丈夫、ひよ――」

「うんん……はやく、来てん、ともきさん……」

うっとりした声音に遮《さえぎ》られ、さしものそらも、いくぶん鼻白んだ様子だった。

白いお尻をしっかりつかみ、ゆっくり埋没させていく。

「んんん……気持ちいい……」

はっきりと肯定していた。そらは心配から解かれ、浅く深呼吸して肩から力を抜いたようだ。

ズン、と亀頭がやわらかな子宮口を突く。間を置かずに抜いていき、また亀頭だけを膣内に残した。

「ほんと、さっきよりも、感触が生々しい……」

寝言のような不確かな声音なのに、いいようのない緊張がこもっていた。

「ちょっと、スピードを上げるぞ……」

抜いていき、押し込む。ひよりの表情と声に注意しながら、徐々にテンポを上げていった。

「オチ×チン、ヌルヌル……これ、知輝さんの？」

覗き込んでいた、そらが訊いた。

「それと、ひよりちゃんのエッチなお汁だな。答えなくてもいいけど、いまそらちゃんのアソコも、そうなってるだろ？」

そらは恥ずかしそうにちょっと笑い、ジャージの上から両手で股間を押さえた。

「あんっ！　やんっ、きっ……気持ちいいっ！　ああっ、ダメッ、ダメッ！」

スピードが上げるにつれ、ひよりの声のオクターブも上がっていく。

「オチ×チン、見えないぐらい速くなってる……ひより、壊れない？」

「スピードを緩めちゃ、ダメだよっ！」

そらの気遣いを跳ねのける。

「ともっ……知輝さん、痛いっ……」

「えっ？」

「つかんでるお尻、指が食い込んで、痛い」

「これは失礼！」

そっちか。バックでのセックスで、こんなツッコミを女性から受けたことはない。

自分はいま、よほど興奮しているらしい。

（くっ……射精が、近い）

「アソコの奥、熱い……焼け火箸《ひばし》を突っ込まれてる、みたいっ！」

ずいぶんと昭和なエロ表現だ。昔のアーカイブ映像ではなく、彼女自身の語彙によるものだろうか。

狭い膣道は、無理な姿勢でペニスを激しく前後させられ、強い熱を帯びていた。

アソコが熱い、とひよりが言うのは、興奮による錯覚ばかりではないだろう。

「ひよりちゃん、もうすぐ、出そうだっ！」

知輝も腹筋を割らせ、切れぎれに言った。

反り返ろうとするペニスは、切っ先で膣道の上面を激しくこそげていた。

「出るとき、あたし、わかるのっ？」

ひよりが早口で訊いてくる。知的好奇心が強いと、こんなときにこんな質問が出るものなのか。いや、恥的好奇心と呼ぶべきか。

「それはっ、ひよりちゃん、しだいだっ。僕と経験した女の人もっ、わかる人と、わからない人がいたっ」

知輝も、よけいな説明を早口で口にした。

結合部を見下ろすと、自分でも残像すら目で追えないほどの速さになっていた。

プリンスメロンを二つ並べたほどの質量のない白いお尻を、鬼のような形相《ぎょうそう》で見つめていた。

性体験のない小学六年生の女児に、こんなことをしている。そう思った瞬間、射精の痙攣反射が起きた。

「んあああっ！　ひよりちゃんっ、出るっ！」

猛スピードのピストンをゆるめないまま、知輝は歯の根を食いしばって射精した。

「ああっ!?　あああっ、熱いのっ、来てるっ！　あああっ」

白いシーツをわしづかみにし、ひよりは絶叫した。

「ひよっ、ひよりちゃんっ！　ああっ、たくさん出るっ！　あああっ！」

吐精のあいだ、知輝も忙《せわ》しく叫んでいた。童貞喪失を含めても、ないことだった。

すべてを出し終えたとき、ペニスの先を最奥に突き刺したまま、知輝は奥歯を嚙みしめていた。

「あっ……あふっ、んんっ……んん」

官能の残滓が強く残っているひよりは、シーツに横顔を押し付けたまま、口を半開きにして呻いていた。

「なんか、すごかったよ、ひより――」

「あんっ、触っちゃ、ダメ……！」

そっと頭を撫でようとしたそらを、ひよりは悲鳴に似た声で拒絶した。

「……身体じゅうが、まだ、ビリビリしてるの……」

お尻を突き出した格好のまま、ひよりはつぶやく。

「ひよりちゃん、痛みはないか？」

いまさら感たっぷりの白々《しらじら》しい問いだが、訊かずにはいられなかった。

「わかんないよ、そんなこと……」

いつまでもつながったまま、この姿勢ではいられない。

「ひよりちゃん、抜くぞ……」

「えっ？　ちょっと待っ——ひああっ！」

腰をつかんだ手に少し力を込め、深く突き刺したペニスを抜きはじめた。

「んぐっ……でっ、電気を、浴びてるみたい」

「電気？」

そらが訊き返す。

「指の先まで、痺れて……自分の身体じゃ、ないみたい——あああんっ！」

小陰唇で引っかかっている亀頭のカリを、わずかな弾みをつけて抜き去ると、とたんにまたひよりは悲鳴をあげた。

「んんん、もう、ダメ……」

ひよりは力なくお尻を落とすと、ゆるりと仰向けになった。

そうして、細いふとももをガニ股に広げた。

「なんてカッコしてんのよ……」

見ると、ひよりの無毛の性器は、まだ二センチほど半開きになっていた。そうして十一歳の陰唇は、ゆっくりと閉じていった。

合わせるように、ひよりはふとももを閉じていく。

「んん……まだ、知輝さんのが、入ってるみたい」

強い異物感が消えないのだろう。十一年間の人生で初めて、無理くりに広げさせられたのだ。

「ひより、感想は？」

顔を覗き込んでそらが訊いた。ひよりはなんとか笑みを浮かべて、

「……すごいよ。そらも早く……」

二人は手を取り合い、そらは小さく肯いた。手術の成功を静かに喜んでいる親友のようだ。

「アレ見て、そら。まだ上を向いてそそり勃ってるよ。エラそうに」

ひよりは仰向けのまま斜め前を見た。そらもそちらを向く。

「あー、いまだけだ。出しちゃったから、すぐにしぼんで下を向くよ」

「なんか言い訳してる」

「あの太くて長いの、ものすごい速さでひよりの中を抉ってたんだよ」

「怖くなったかい、そらちゃん？」

「んー、ちょっと」

えへっ、と笑いながら小首をかしげた。かわいらしい。

ひよりが、ちょっと申し訳なさそうな顔で見上げていた。

「あの、シャワー、浴びていい？」

「いいよ。なんかが漏れそうで気持ち悪いんだろ？」

ひよりは返事の代わりに、バツの悪そうな笑みを浮かべた。

「僕も浴びたいな。十五分でシャワーがとまる仕組みだから、交代でいくか」

「シャワーだけでしょ。いっしょに入ろうよ」

「えー、じゃあ、わたしも入りたい！」

そらが幼児のように踵で伸びを繰り返した。

「そんなに一度に入れないと思うが……」

知輝はシャワールームを覗いた。回れ右して親指を立てる。

「いける。大人三人は無理だけど、君たちなら大丈夫そうだ」

ここで予期せぬ緊張の沈黙があった。

知輝とひよりは裸だが、そらはジャージのままだ。

「えっと……わたしも、脱ぎます」

ひよりの優しそうな細い目が、ちょっと大きくなった。

「そっか。そら、知輝さんにハダカ見られたことないんだよね」

そうしてニンマリと笑った。

「んふ、恥ずかしかったらいいんだよ。あたしと知輝さんでカーテン閉めてシャワー浴びてるから。んふふ、二人でチューしてるかも」

「あんっ、わたしも入る！」

決心したらしいそらは、勇気が萎える前に急ごうとするかのように、ジャージの裾を勢いよく持ち上げ、脱ぎ去った。白い女児用の下着が見える。

「……二人で見つめないでよぉ」

「見て。知輝さん、舌舐めずりしてるよ」

リクエストにお応えして、舌で唇を一周させた。

「ヘンタイだー!」

言いながら、そらはジャージの下も一気に下ろした。白にブルーの格子柄の小さめのコットンパンツ。さっきも見ているが、脱いでいる最中なので興奮は小さくない。

二人の視線を避けるようにして、そらはシュミーズも脱ぎ去った。

「ほーれ、あと一枚、あと一枚」

手拍子とともに、節《ふし》をつけてひよりが冷やかした。これも昭和のバラエティかなにかで覚えたのだろう。スレンダーな美少女小学生に似合わない小芝居だ。

「そら、まっすぐ立って知輝さんを見て」

恥ずかしいだろうに、そらは几帳面に友だちの言うとおりにした。

「ほら、ハダカでごたいめーん」

そらの乳房は、ほんのりとふくらんでいた。

デブではない。よく見るとぽっちゃりでもない。むしろやせ型だ。筋肉質で、ひよりに較べ脂肪も少し乗っているので、角度と着るものと光や雰囲気とで、ぽっちゃり気味に見えるだけなのだ。ウェストがくびれ、腰がほんのりとふくらんでいるところなど、ひよりよりもスタイルがいいかもしれない。

「なに見比べてるの、ロリコンお兄様」

ひよりがツッコんできたが、自分でも意外なことに、ロリコンお兄様は、ちょっと気に入った。

「うーん、どっちもおいしそうだな、って思ってるんだ」

言わなかったが、二人裸で並ぶと、そらのほうが二つぐらいお姉さんに見える。

「クルーズトレインでフルコース。贅沢ですね」

そらがリッチな言い方をする。

「シャワーブースに行こうよ。立ったまま三人でハダカで語り合うのは楽しすぎるけど、風邪を引いちゃう」

やはり、無駄に表現力が豊かだ。

「ホントだ。わたしたち三人で精いっぱいだね」

知輝に続いて二人の少女も入ってきた。畳《たたみ》一畳ほどのスペースだ。

「うっ……知輝さんのが、ドロッ、て出てくる……アレみたい」

最後の「アレみたい」は小声で、そらにだけ向けた言葉だった。知輝は聞かなかったことにする。

シャワーのヘッドを取り、お湯を出そうとすると、そらにとめられた。

「待って。その前に」

「え、なにすんの、そら？」

そらがひよりの前で、ふいにしゃがんだのだ。

「うふ、わたし、ひよりのこと、大好き！」

「え、あたしもだけど……」

「わたしがどんなにひよりのこと好きか、教えてあげる」

「えっ、ちょっ……そら、ああん！　なにすんの」

そらが両手でひよりの腰をとり、いきなりひよりの股間に顔をうずめたのだ。

信じられない光景が広がった。

「うふ、すごい精液の匂い……なんか懐かしい」

そらは一度、フェラチオで知輝の精液を嚥下《えんげ》している。精液の匂いは独特だ。強烈に印象に残っているのだろう。それにしても、

(女子小学生なのに、精液の匂いが懐かしいって……)

「ちょっ、ちょっとぉ……」

「逃げちゃダメ。うふふ、ひより、びっくりしないでね」

「えっ……あああっ！」

ひよりは細い身体をくの字に折り、そらの顔から逃げようとしたが、腰をつかんだ

そらの両手が、やんわりと戻した。

「そらちゃん、ひよりちゃんのアソコ、舐めてるのか……？」

遠慮がちに訊いたが、どちらも答えない。そんな余裕がないのか、二人だけの世界に没入しているためか。

「そら、ヘンタイさんだよぉ……」

「わたしのこと、キライになった？」

「そんなことないけど……」

弱々しい声だが、ためらいのない即答だった。

「あんっ、ああんっ！　おんっ……女の子に、舐められてるなんて……」

ひよりの喘ぎには、あきらかな当惑《とうわく》が混じっていた。男性の知輝だけではなく、同性、それも親友からこんな行為を受けるのは、まったくの想定外だったのだろう。

「あああ、気持ちいい……そら、知輝さんの舌より、小さくてやわらかい……」

「そんなことわかるの、ひより？」

舌でチロチロと、親友の無毛の性器を舐めながら、そらが上目遣いに訊く。

「わかる。そらの舌遣いのほうが、優しい感じ……」

「うふ、ありがとう」

そらは、さらにひよりの股間に深く顔をうずめ、舐めほじっていた。

(すごい眺めだ……！)

海外の触法モノの画像や、合法ロリの動画で似たようなものを見たことはあった。しかし、これは本物の女子小学生なのだ。まだ身体の小さい十一歳の少女が、もう一人の少女の性器を舐めている……。

「あ、トロッとしたのが出てきた。いっぱい……ああ、すごい匂い……」

そらは、それこそ夏の子犬のように、友だちの性器をせわしなく舐めた。

途中で気づいたように、少し間の抜けたタイミングで、ひよりが大きな声を出した。

「ちょっ……全部吸い出しちゃ、ダメ。それ、あたしが受けた知輝さんの精液なんだから」

牽制するようにひよりは腰を引き、両手をそらの頭に置いた。

「あは、バレたか」

そらはイタズラがバレた子供のように小さく笑い、立ち上がった。

「エエもん見せてもらったよ」

知輝が言うと、二人の少女は顔を赤らめて近寄ってきた。

あらためてシャワーのお湯を出そうとしたら、またそらにとめられた。

「待って。こんどは知輝さんのを……」

ひよりに続き、こんどは知輝の股間の前でしゃがんだ。

「うふふ、わたしがひよりのアソコを舐めてるのを見て、また大きくなってます。知輝さんのエッチ！」

仰角を上げたペニスを、白くて小さな手で取った。知輝は「うっ」と呻く。

お掃除フェラをしてくれるのだと、やっとわかった。

「あー、待って。あたしもやる！」

声圧のない華奢な声で、ひよりも慌ててそらの向かいにしゃがんだ。

「ほら、まだ真っ赤。弾を撃ったばかりの大砲の砲身みたいでしょ？」

そらが言う。弾を撃ったとか砲身とか、女子小学生が普通に口にする言葉か？

「すごい匂い……これが、精液の匂いなの？」

「そう。怪しい匂いでしょ」

ちょっと先輩ぶったそらの口調。先にセックスをひよりがしているので、思うところがあるのかもしれない。

「そら、こんなモノをお口に入れて、精液を……飲んだんだよね？」

こんなモノで悪かったなと思ったが、口にはしない。どうせ聞いていない。

「うふ、おいしかったよ」

「ヘンタイ」

トウモロコシを頬張るように、そらが横から半勃起ペニスに口を当てた。

ペニスの左側面にだけ蟻に這われているような、くすぐったさを感じた。

「ああん、あたしも！」

男性器を舐める行為にどこか抵抗を感じていたようなひよりも、すぐ目の前で親友が大胆にするのを見て焦《あせ》ったようだ。先にバージンを捨てた者としての意地もあるのかもしれない。

「うふふ、ひよりの顔が、近い」

「あは、こんなに顔を寄せたの、初めてだね」

「あいだにジャマモノがあるけど」

「あん、なかったら、そらとチューしちゃうよ」

「あとで、しよっか？」

「まじ？　いいよ。んふふふ」

チロチロと舐める二枚の舌は小さく、見下ろしていると子猫に舐められているような気分だった。

（疑似ロリのＡＶで、こんなハメ撮りを見たことあるけど、じっさいに女子小学生が二人だと、こんなに頭が小さいんだ……）

知輝は、そっと両手で二人の少女の頭を撫でた。

「ひより、正面から、いく？」

そらが挑発的な口調で訊いた。

「うん」

即答だが、こんどはかすかなためらいがあった。

そらが場所を譲《ゆず》り、ひよりが両手でペニスを持ちながら正面に向き直った。

「へえ……こんな顔してるんだ」

「ほんとにカメさんみたいでしょ」

音は聞こえなかったが、ひよりが喉を鳴らしたのがわかった。

「これが、知輝さんの……男の人の一番恥ずかしいところ……」

「そうだよ。知輝さんに初めて見られたとき、ひよりだって恥ずかしかったでしょ？いま知輝さんは、ひよりにじっと見られて、死ぬほど恥ずかしいの」

優しそうな笑みを薄く浮かべて、なかなか煽ってくれる。

リクエストにお応えして、両手で顔を覆った。

「はじかちー」

ひよりの大きな失笑が、陰毛をそよがせた。

「わざとらしい」

「さあ、唇を舐め濡らして、カメさんの頭、丸呑みしちゃえ」

「うん……」

フェラチオ限定の先輩の指示に従い、ひよりは小さな舌で几帳面に唇を一周した。

かわいくてエロい。動画に残しておきたいぐらいだった。

ひよりは薄く目を閉じると、チュッと亀頭にキスをした。

そうして、ゆっくりと大きく亀頭を呑み込んでいった。

「んん……んんん」

「どう？　とってもおいしいでしょ？」

そらの冷やかしに、ひよりはまったく無反応だった。

ひよりは小さな両手で知輝の腰をとった。意外なことに、そのまま顔を前後に揺らしてきたのだ。

「ああ……ひよりちゃん、じょうずだよ。気持ちいい……」

射精直後なので、すぐに射意をもよおすことはなかったが、くすぐったさと紙一重の気持ちよさは格別だった。

（セックスの前に、やってほしかったよ……）

ひよりは顔を前後に揺らしつつ、小さな舌をペニスの腹にこすりつけていた。

「えー、ひより、じょうずなんだ……」

フェラチオに関するイニシアチブまで奪われると思ったのか、純朴《じゅんぼく》な美少女のそらの顔に複雑な表情が浮かんだ。

数回のお口ピストンをしたあと、ひよりはゆっくりとペニスを口から出した。

そのとたん、弾みをつけたペニスが、ビンッと跳ね上がった。

「んふ、あたしが舐めたから元気になった」

ひよりのドヤ声は珍しい。

「危なかった。これを最初にやられてたら、すぐにお口に出したかもしれない」

「あんっ、それは経験者のわたくしにお任せあれ！」

冗談めかした口上でそらが焦りを見せ、ペニスを奪還《だっかん》しようとした。

「ちょっ……ちょっと待ってくれ。さっき出したばかりだし、すぐには出ないよ。次の宿題にしたい」

二人の少女はゆっくりと立った。ちょっと残念そうだが、「宿題」というキーワードに反応したようだ。

「うふふ、宿題は四角錐《すい》の体積の求め方、社会のヨーロッパの地理、知輝さんをお口で射精させること。この修学旅行が終わったら忙しいよ」

「あは、日曜日は知輝さんの家で自習したいな」

「うふふ、宿題の入ったカバン持って、いっしょに知輝さんの部屋に行こっか」

なにやら知輝不在で、部屋に突撃する流れになっている。

シャワーを出した。

「さあ、十五分間だけお湯が出る。三人同時に浴びれば経済的だな」

二人の少女にかけてやった。

二人は両手を胸に当て、忙しなく上下させた。こんな動きは子供っぽい。

そらも、わずかにふくらんだ乳房を、さほど気にせずに手を動かしている。

「そらちゃん、おっぱいが邪魔じゃないか？」

「んー、ちょっと」言いながらチラッとひよりを見た。

「イヤミ？　そら」

「まーねー」

十一年間なかったものが急にふくらんできたのだ。そらにしても身体の洗い方のフォーマットが決まっていないのだ。

「んふふ、知輝さん、シャワー、フックに掛けて。一番高いとこ」

そうすると、三人で組んだ円陣のあいだにお湯が落ちていった。

「三人かたまれば、同時にお湯が当たるよ」

ひよりは、知輝とそらを同時に抱き寄せるように両手を広げた。

「やん、ハダカの三人がくっついてる……」

「んふ、そら、エッチな声！」

知輝も同じく、大きな両手で二人を強く抱き寄せた。

「ああん……三人でさっきの続きをしてるみたい……」

ひよりも湿っぽい声を出した。

そらは三人で囲んだ三角の下を向いた。

「見て、ひより。知輝さんのアレ、まっすぐ上向いてる」

「ほんとだ。毒キノコみたい」

「触っただけで手が腫れる、アブナイやつね」

「あは、あたしたち、そんなモノを口にしたんだね」

知輝は二人に回した両手を下ろした。同時にお尻をわしづかみにする。

「やあん、エッチぃ……」

「濡れた手で触られると、すごく生々しいね……」

二人の声が、女子小学生が出してはいけないトーンを帯びてきた。

ひよりに顔を近づけると、すっと頭を上げ、目を閉じた。

唇を重ね、小さな舌を絡ませる。二人のお尻を撫でる手もいやらしさを増す。

「あん……またヘンな気分になる……」

「ぜいたく！　ひより、アソコはどんな感じなの？」

「まだ違和感残ってるよ。知輝さんのが入ってる気分」

「わたしも、いまならユーキ出そうだけど……」

「だから、出した直後は無理だって」

ウソだった。この非日常感で、ペニスは再び完全勃起を果たし、二度目や三度目も難なくいけそうな気がしていた。少女たちを早く寝台車両に戻したい焦りもあり、そんなふうに牽制したのだ。

顔を離し、そらを向くと、そらも池の鯉《こい》のように顔を上げ、キスを求めた。

「……このあと、どうやって戻るんだ？」

唇を重ねながら、モゴモゴとそらに訊いた。

「先生たちもいつか寝るでしょ。サロンカーに人がいなくなったら戻るつもり」

そらも不明瞭な発音で答える。少女の甘い吐息と鼻息が、やわらかく顔に纏《まと》いつく。

「そもそも、どうやってここに来たんだ？　サロンカーにたくさんいる先生たちに気づかれずに？」

顔を離して二人を交互に見ながら訊いた。最初の問題に戻る。

真面目な顔で訊いたつもりだが、お尻は撫でたままだ。

「んふ、山崎さん」

「ん？」

「サービスの山崎さんに無理言って、ワゴンの下に隠れさせてもらったの」

「うふふ、二人いっぺんは無理だから、二往復してもらったんです」

「…………」

ワゴンカーは大型のものだった。子供一人なら下段にしゃがんで入れる程度に。

「ワゴンの下に三角座りして、カーテンを下ろしてもらったら、外からはわからないよ。山崎さんが知り合いだからできたゲートーだけど。んふふふ」

いや、ひよりの父親を知っているから、山崎は断れなかったのだろう。迷惑をかけたものだ……。

「そんなトリックだったのか……」

「うふ、鉄道ミステリーみたいでしょ？」

「知輝さん、あとでサロンカーの様子を見にいってくれない？　先生たちがまだいるかどうか」

「わかった」

自分のことも、山崎と同じく、父の威光《いこう》を受けて少々の無理を言える人間だと思っているのかもしれない。

「あは、すごい修学旅行ね」

「そうだね。シャレじゃなく、一生の思い出に残りそう」

それは知輝も同じだった。

食堂車で同じテーブルだった男子児童を思い出す。

彼は同級生の知念ひよりと水木そらが、同じ電車の中でこんなことをしているとは夢にも思わず、寝台で眠っているのだろう……。

第四章　想い出のえちえち修学旅行

「じゃあ、集合場所はここだ。午後四時に全員集まるように。くれぐれも、他の旅行客やほかの修学旅行生と揉め事を起こさないこと。あと貴重品は肌身離さないこと」

先生の注意が終わると、六年生の修学旅行生たちは散らばっていった。

有名な故事の残る寺院を中心に、お土産物屋がずらりと並んでいる観光地だ。

「お兄さん、うちのカメラマンでしょ？　さっきから撮ってないけど」

ある土産物屋でひとかたまりの修学旅行生がいて、男子児童が訊いてきた。

「僕は鉄道会社のカメラマンなんだ。でもせっかくだから」

Ｖサインをしてきた児童たちをスマホに収めた。

「鉄道会社の社内誌と宣伝に使うんだ。採用されるかどうかわからないぞ」

断りを入れておく。

今朝から、ひよりとそらに会っていない。知輝も積極的に見つけることはせず、ただの随行員《ずいこういん》として児童たちをそれとなく見守っていた。

午後四時の集合時間になり、そろってしばらく歩いた。

二泊目は温泉旅館で、規模からして小学校や中学校の修学旅行生をよく受け入れている大きさだった。広い温泉も男女別にあり、問題はない。

大広間で全員そろって食事をし、テーブルを片づけたら、そこに布団を敷いて全員で寝る。どこにでもある義務教育の修学旅行の風景だ。

ここでも知輝は特別待遇だった。

高価そうな畳敷きの個室で、ガラス扉の外にプライベートの温泉があった。竹壁で囲われており、風情《ふぜい》もプライバシー保護もばっちりだ。

(こんなところ、身に余るよ……)

後日、知念部長にあらためて礼を言わないといけない……。

食事だけは大広間で児童たちとともに、先生たちの近くで摂った。

その間にひよりとそらを見つけたが、二人ともそれぞれの友だちと楽しそうに話しており、知輝と目が合ってもすぐに逸らされた。

(なんか、ゆうべのことが、夢みたいだな……)

すべてのプログラムが終了し、知輝は自室に戻った。

先生たちに較べ、なんの責任もないのだが、やはり疲れるものだ。

浴衣を着て部屋でくつろいでいると、スマホが鳴った。

『十一時に二人でそっちへ行くから』

ひよりだった。スマホは持ち込み禁止なのに。

返事をせずに待っていると、十一時きっかりに、そろそろと部屋の扉が開いた。

「お・じゃ・ま・し・ま・す」

小さな声で慎重に区切ってひよりが入ってきた。ただし顔は笑っている。後ろに、そらも控えている。部屋に入る前、そらは周囲をチラリと確認していた。

「こら、携帯電話は禁止だろ」

「んふふ、清濁併せ呑むのが、あたしたちのやり方だもんね」

語彙が豊かとはいえ、こんなことを女子小学生がサラリと言えるものか？

「わあ、お部屋もやっぱり贅沢ですね。個室の露天風呂がある」

そらが部屋を見渡して言う。

二人とも湯上がりの清潔な湿気を纏い、石鹸やシャンプーのいい匂いがしていた。

児童たちはクラスごとに大浴場に入り、わりとすぐに就寝だったのだ。

着ているものは同じジャージなので、その意味での色気はない。

(まあ、女子小学生に色気を求める前提が間違ってるんだけど……)

自嘲《じちょう》気味に思う。どこかでデリヘルを待つような気持ちになっていたのだ。

「来るとき、誰にも見つからなかったか？」

悪の元締めみたいな言い方になってしまった。

「大丈夫！　広間だけど、友だちは鼻からフーセンふくらまして寝てた」

……昭和のアニメでも見たのだろうか。

「先生たちもパイプ椅子に座って居眠りしてました。何人か起きて立ち上がってたけど、トイレって言えば、先生またすぐ寝てたもの」

先生たちも疲れていることを考えに入れた知能犯罪だ。前日の電車トリックのほうが驚きは大きかったが……。

「ピコーン、閃いた」

外の露天風呂を見たひよりが、控えめな笑みを浮かべて人差し指を立てた。

「んふふ、どんなアイデアかわかる、知輝さん？」

知輝は大仰《おおぎょう》に肩をすくめ、欧米人のように両手のひらを外に向けた。

「想像もつかないよ、バーバラ」

「三人で露天風呂に入るの。それで……そらとエッチなことして、そのあとあたし」

そらを見た。大浴場のお湯にあたったわけでもないだろうに、そらの顔は少し青ざめていた。

「怖いなら、やめようぞ。三人で少し遊んでから、こっそり大広間に帰ればいい」

そらに拒絶感情が残っているなら、そちらを優先しなければならない。

後ろ指を指されても仕方がないロリコンだが、子供の意思に反して行動するつもりはない。犯罪者の倫理観というか、盗人《ぬすびと》にも三分《さんぶ》の理《り》だ。

「ひよりと同じ扱いでいいですか？」

「ん？」

「わたしがイヤだって言ったら、すぐにやめてくれる」

「そりゃ当然だ。君たちに反して、僕が勝手に中止の判断をするかもしれない」

そらはちょっと安心したように、薄く笑った。目尻が垂れ、じつにそららしい優しい笑みだった。

「露天風呂に行こうよ！」

ひよりが細い声を子供らしく張り上げた。

ひよりは両手を交差させてジャージの裾を持ち上げた。お尻が後ろに突き出し、背中がS字を描いている。

そらは両手をモゾモゾとジャージに入れ、ミノムシのようになってから、前屈みでジャージを脱いだ。

着衣の脱ぎ方に限って言えば、ひよりのほうがセクシーだ。そらは横着《おうちゃく》な子供の動きそのものだった。

「あれ？　そら、恥ずかしいの？　昨日ブルートレインでいっしょにシャワー浴びたのに」

どちらも白系統のコットンパンツだったが、ためらいなく脱ぎ去ったひよりに対し、そらは目に見えてためらっていた。

「んー、そんなことないけど……えいっ！」

自分で吹っ切るように、パンツを一気にずらし、全裸になった。

「行こ、そら！」

「露天に出たら、走るんじゃないぞ。大浴場でも言われただろ」

畳部屋を裸で駆け出した二人に言う。子供はどこでも走り出す。

知輝も一瞬で着衣を脱ぎ去り、露天風呂に出た。

「うわあ、風情あるね」

「すてき。静謐《せいひつ》な空間ね」

風情だの静謐だの、子供らしくない単語が出てくる。声だけを聞くと大人の女子会か、女子大生の卒業旅行の会話に聞こえるかもしれない。ちょっと声が幼いが。

「こらこら、掛かり湯をしろ。マナー違反だぞ」

そのままお湯に浸《つ》かろうとした少女たちに声をかけたが、

「あたしたち、さっき大浴場できれいに洗ってるもん」

「おトイレも、その前に済ませてるし」

こりゃ失礼しました。

お湯に浸かると、すぐに左右から挟まれ、身体を密着させてきた。

「おいおい、そんなにくっついたら、のぼせちゃうよ」

「んふふ、離してあげない」

ひよりが、かわいらしい意地悪を言う。

二人の少女の肌が、広い面積で左右から身体に触れていた。お湯のせいもあるだろうが、ムニュムニュと夢に見そうな心地よさだった。

(左がひよりちゃん、右がそらちゃん、触れた感じだけでわかる。そらちゃんのほうが、ちょっとふっくらしてるからな……)

そらもデブでもぽっちゃりでもないのだが、ひよりがややガリすぎるのだ。

「見て。知輝さん、また毒キノコを勃ててる」

たゆたうお湯の下で、ペニスはただちに完全勃起していた。

「おっと。白いタオルで隠しておくんだったな」

「それこそマナー違反だよ」

ひよりが笑いながらツッコむ。白い顔がお湯でほんのり上気している。

知輝は両手を回し、二人の少女の肩を抱いた。

(小さくて頼りないんだけど、それがいい……)

文字どおりの「両手に花」なのだが、二人とも脂肪の不充分な、骨ばった小さな肩なので、触れた感じは不安になるほど頼りない。しかしその頼りなさこそ、ロリコン者にとって最高のご褒美だ。

「ね、そらが一大決心をしたんだって。聞いてあげて」

知輝は右にいるそらを向いた。

そらはうっとりと目を細め、口元に不安のにじむ笑みを浮かべていた。頰の青白さは消え、ピンク色に染まっていた。純朴な田舎の美少女のようだ。

「もうわかってると思うけど……知輝さん、今夜は、わたしと、してほしいの……」

緊張しているのを知らなければ、お湯にのぼせたとしか思えない口調だった。

「そらね、今夜のことをずっと考えてて、昼間のお土産物屋を見るときも、ずっと緊張してたんだって」

……ちょっとかわいそうに思った。

「僕は逃げないんだから、別の落ち着いた日でもよかったのに」

女子小学生とセックスする前提で、恩着せがましく言ってしまう。

「ううん。ひよりもゆうべやったし……記憶に残っちゃう修学旅行だから、やり残して悔しい思いをしたくないの」

また子供らしくない深慮遠謀《しんりよえんぼう》……。

「んふふ、あたしはエンリョして、ここで泳ぎの練習でもしてるわ」

ひよりが離れ、大きくお湯をかいて温泉の中央に向かった。

「知輝さん、あたしの得意な泳ぎ方、知ってる？」

子供はよくこういう、質問にかこつけたおかしな自慢をしてくる。

「知ってるよ。犬かきだろ」

「あん、ちがう。クロールとバタフライだよ」

お湯の中で固くなっているそらの肩を強く抱いた。

立ち上がってお湯から出ると、一泊遅れてそらもついてきた。

「そこの大きなバスタオルを敷くといいんじゃない？」

お湯を両手で掻きかきしながら、ひよりが声を投げてきた。

「適切なアドバイスをありがとう」

雰囲気の邪魔にならないところに、シャンプーとソープのボトルが置いてあった。

ソープをワンプッシュして手に取ると、両手に広げる。

「さっき大浴場で洗ってますよ」

「ちがう。これで」

「あん……！」

そらの両肩を撫でた。触れた瞬間に、そらは湿った声を漏らした。

そのまま、そらの小さな乳房を撫でまわす。

そらは何も言わなかったが、息を殺しているのが丸わかりだった。

背中もヌルヌルと撫でまわした。

そのまま抱き寄せる。

「ヌルヌルしてるほうが、ゆうべみたいに、ただ抱くよりも気持ちいいだろ？」

「うん……」

小さな声だったが、即答だった。

強く抱き寄せ、胸と腹も、広い面積で重ね、こすり合わせた。

「ああん、ヘンな気持ち……」

ソープで摩擦を欠き、お湯に濡れてあたたかくなっているので、小さなそらの身体はおそろしくやわらかく感じた。わずかな胸のふくらみも、はっきりと自分の胸に感じることができる。尖《とが》るほど発達していないので乳首まではわからなかったが。

(ああ、ローションだと、アソコも塗りたくられるのに……)

大人の女性と、ローションを用いたプレイは経験があった。触れる身体が双方やわらかく感じ、気持ちのいいことは経験的に知っていたのだ。

ソープでも効果は絶大だった。ただ石鹸のため、性器やお尻の穴周辺は危ない。

「だんだんエッチな気分になってきただろ?」

「ん……」

顔を上げたそらは、夢見るような口調で認めた。

「いーなー。あたしもやってほしい」

溺《おぼ》れる心配もないのに、両手で平泳ぎしながらひよりが言う。

「心配するな。僕の家にもっといいのがある」

「あん、持ってきてくれたらよかったのに」

修学旅行でローションを持ってくるヤツがあるか。

桶《おけ》でお湯をすくい、自分たちの身体を流した。

ひよりの忠告どおり、濡れた石の床に、備え付けの大きなバスタオルを敷いた。

「そらちゃん、じゃあ、ここで横に――」

「待って。知輝さんが仰向けに……」

そらを寝かせようとしたら、急に手をつかまれた。

「僕が横に？　僕の上に、そらちゃんが来るってこと？」

そらは返事をせずに、不安を残した顔でかすかにうなずいた。

消極的な決心だと思ったのに、そらなりの青写真があるというのか。

不安そうな小六の少女がどんなプランを描いているのか、お手並み拝見といこう。

仰向けに寝ると、そらはゆっくりと知輝を跨《また》いだ。そうして身体を前に倒し、知輝と重なってくる。

「ああ、そらちゃんの身体、熱い。はは、胸がムニュムニュしてる」

「あは、重いとか言わないでくださいよ」

「重いもんか。軽すぎて頼りないぐらいだ」

そらと目が合い、キスした。

「やぁだ、二人だけの世界に入っちゃって……」

ゆるい平泳ぎをしながら、冷やかしとひがみの混じった声を、ひよりが飛ばした。

「これで、そらちゃんが自分から……僕のを入れるのかい？」

「んー、そうしたいんですけど、どうやれば……」

「じゃあ、僕が先っぽをそらちゃんに当ててるから、自分で加減して入れていくか？」

「はい……」

手を下に伸ばし、勃起したペニスの根元を持った。先をそらの性器に当てる。ちょっと手間取った。大人の女性とのセックスで経験はあったのに。

（そらちゃんの背が低いからか……小学生だからな）

まだランドセルを背負う年齢の女児なのだとあらためて思い、強い罪悪感とともに、ロリコン者にしかわからない歪《ゆが》んだ優越感を覚えた。

「あっ……」

「ここ、そらちゃんのアソコの入り口だろ？　僕のチ×ポをつかんでいいから、自分でゆっくり入れてごらん」

ペニスの先が膣口に触れると、そらは顎を出して小さく声をあげた。目も閉じているが、片方の眉だけが細かく震えていた。まだ痛いはずはないので、強い不安の表れだろう。

だが、その表情のまま、そらは自分の小さな手でペニスをつかんできた。情けないことに知輝のほうが「うっ」と声を漏らした。

「そら、脚を開くとラクだよ。カエルみたいに」

お湯の中から、ひよりが両手でメガホンをつくり、アドバイスを飛ばした。

訊く余裕もなさそうな表情なのに、そらはただちに両脚を開いた。

ほんの少し顔をもたげて見ると、左右に白いふとももが開かれていた。

(そらちゃんも、やっぱり脚が細い……)

スタイルがいいから細いではなく、子供の質量のなさからくる細さだ。スレンダーすぎるひよりとセットで見ることが多いので、そらがぽっちゃりに思うこともあるが、やはり思春期前の女子児童なのだ。

「んんっ！　あああっ……」

そらが目を強く閉じたまま呻く。驚いたことに、ペニスはゆっくりとそらの膣内に埋《うず》まっていった。

「え、すごい。そら、ホントに自分で入れてるの……？」

ひよりは、すぐ近くまで来ていた。身体はお湯に浸かりつつ、温泉のフチの石畳に、評論家のように両肘をつけている。

「んぐっ、そらちゃん、入ってる。無理すんなよ……」

バージン特有の強い締め付けに、知輝も喉から声を出し、注意を促《うなが》した。

ペニスの全方位に圧がかかっており、どのあたりまで挿入しているのか、手に取るようにわかった。

(ぐっ……気持ちいい。そらちゃん、ほんとにバージンなのか?)

ゆっくりとだが、ペースを落とさずにペニスは埋没を続けた。

ぴちゃっ、と水音がした。ひよりがお湯から上がったのだ。這うように近づき、二人の性器の結合部に顔を寄せた。

「……すごい。もう半分入ってるよ……そら、ほんとに初めてなの?」

ひよりも同じ疑問を抱いたようだ。

そらがなにかを言おうとして、口を震わせただけでやめた。

「そらちゃん、僕のチ×ポ、もうほとんど入ってる……!」

そらは表情を変えず、動きもとめない。

ペニスは十一歳の少女に深く埋もれていき、格別の気持ちよさがまとわりついていた。罪悪感がそのまま高揚感となり、そらの顔を目を細めて見つめてしまう。

「んんっ……」

「ああ、全部入った。そらのお尻と、知輝さんのお股がくっついてる……！」

自動車の修理工のように、顔を斜めにしたひよりが中継した。

結合部を刺激しないよう、知輝は両手をそっとそらのお尻に置いた。

（そらちゃんのお尻、やっぱり、ひよりちゃんよりふっくらしてる……）

「そら、痛くなかったの？　入りはじめたとき……」

ひよりが遠慮がちに訊いた。

「わた……わたし、タンポンを入れちゃったことがあるの……」

声を震わせながら、そらは言った。

「……保健の性の授業があった日、夜にママと相談したら、タンポンをひとつくれたの。わたし、多い日があって困ったことがあったから……」

男性にとって居心地の悪い告白だ。顔がすぐ近くにあり、ときどき目も合わせてくる。そらのお母さんが聞いたら、顔から火が出るほど恥ずかしいだろう。

「そのとき、すごく痛かったの。生理じゃない血が出たと思った。たぶん、あのときに……」

処女セックスの渦中で沈黙があった。さしものひよりも言葉が継げない。

「……そらちゃんのバージンを奪ったのは僕だよ。ヒモのついたプラ棒じゃない」

適切とも思えないフォローだったが、そらはなんとか笑みを浮かべた。

「……そうですよね」

「どんな感じ、そら？」

「ん……わかんない」

そらは目を閉じて頼りない口調で答えた。

「痛いだけじゃないでしょ？　違和感だけが強くて」

「うん」

「全身がビリビリして、血が逆流してる感じ。気持ちいいのかどうかもわかんない」

「そう……」

「知輝さん任せじゃなくて、自分からやるのって、すごいよね……」

消極的な声音だが、友だちを認める言葉だった。

そらはゆっくりと目を開け、まっすぐ知輝を見下ろした。

「……動いても、いいですか？」

あっぱれ、と思った。バージンとセックスして、女性からこんなことを言われたのは初めてだ。それも十一歳の小学生に。

「いいよ。自分のペースでゆっくり。無理するなよ」

知輝の腕の横に手のひらを置き、そらはゆっくりと身体を伸ばしていった。

「んん……知輝さんが、抜けていく」

眉根を強く寄せ、苦悶《くもん》に耐えるような声でそらがつぶやいた。

「へえ……こんな感じなんだ」

斜めに覗き込んでいるひよりが不思議そうに言った。

「あ、抜けちゃうよ、そら」

ペニスの大半が抜けたところで、ひよりが警告を発した。

そらは動きをとめる。無毛の小陰唇とカリがうまく引っかかっている。

「そう。そのまま、またズブズブ入れていけるかい？」

「ん」

そらは、ゆっくりと身体を戻していく。

「んああっ……また、来てる……」

「あん、あたしも、なんか、ヘンな気分になってきた……」

「ひよりちゃん、自分の指で遊んでたらどうだ？」

「やん、こんなところでしないわよ」

言ってから、ひよりは小さな手で口をふさいだ。わかりやすい子だ。

ずん、という感触とともに、亀頭の先が再びそらの膣奥を突いた。

そらは亀頭が喉元にまで達したかのように、その姿勢のまま顎を出した。

大昔のアニメの、崖で空を見上げるライオンの王のようなポーズだ。

「そらちゃん、その調子で、入れたり出したりを繰り返すんだ。できるか？」

ペニスにかかる強い圧に、腹筋に力を入れつつ、知輝は呻くように訊いた。

「ん……」

目を閉じ、瞼を震わせて、そらは短く返事した。

「あのときのあたしと同じ感覚なんだよね……自分から動くって、すごい……」

冷やかしの口調ではなく、友人に対して素直なリスペクトがこもっていた。

「んんっ……あああっ、あんっ！　んああっ……」

苦しそうな呻きを漏らしつつ、そらは果敢《かかん》に自分からピストン運動を始めた。

やがてスピードが上がっていく。

「……なんか、ベテランのそらが、知輝さんをリードしてるみたい」

「んそっ……そんっ、んああっ！」

そんなはずないでしょ、とでもツッコみたかったのだろう。

(くっ……信じられない。小学生の女の子が……それも初めてなのに)

ピストンは、一秒に一度ほどのサイクルになっていた。

「そらちゃん、身体全部を動かすんじゃなくて、腰だけをうまく振れないか」

そらは直《ただ》ちにそうした。

上半身をほとんど動かさず、腰だけでピストン運動を始める。途端にスピードが上がった。一秒に二回程度か。

知輝はわずかに首をもたげて結合部を見た。

美少女が腰だけを振っているさまはおそろしくエロかった。脂肪の不充分な小さな肩と、未発達な乳房との違和感がすさまじい。

「ああ……もう、ダメ……!」

知輝自身の気持ちの昂《たかぶ》りもあり、早くも射精の予感が走っていた。

だが、ふいにピストンは弱まり、膣奥にペニスを突き刺したまま、電池が切れたようにとまった。

そうして力尽きたように、そらは上半身を知輝の上にゆっくり倒してきた。

「痛すぎる、わけじゃないよね、そら?」

ひよりが心配して声をかけた。

「ちがう……身体が、ビリビリして、力が入んないの。ひよりの、言ったとおり……」

全力疾走《しっそう》したように、そらは喘いでいた。広い面積でむにゅりと触れているそらの胸から、心臓が大きく脈動しているのが伝わってきた。

「そらちゃん、じゃあこのままの姿勢で、僕が動くのはどうだ？」

「そうして、ください……」

丸投げの意思を、息の合間に伝えた。

「このまま僕が……出しちゃっても、いいのかな？」

「ん。お願いします……」

知輝は両手でしっかりそらを抱いた。筋肉も脂肪も、ひよりよりはしっかりついているが、いかんせん小学生だ。ボリュームがなく、儚《はかな》げでさえある。

ふと、至近距離でそらと目が合った。

以心伝心《いしんでんしん》というわけでもないだろうが、同時に唇を重ねた。

驚いたことに、そらは激しく舌を絡めてきた。知輝のほうが劣勢《れっせい》だった。

（舌も、小さい……！）

「えー、いいな。あたしもやってほしい……」

ひよりが声を出したが、答えてやる余裕はない。

軟体動物の親子が絡まり合うような激しいキスをしつつ、知輝は腰だけをゆっくり引いていった。

「んむんっ！　あっ、んむっ……」

キスの最中に喘ぎが漏れる。子供らしい甘く湿った吐息が顔の周囲に漂った。

ペニスを挿入していき、最奥を優しく突いた。

「ぷぎゃあっ」

キスを離し、そらがおかしな声をあげた。

完全に力尽きたように、そらは頭を知輝の胸に預けた。

子供とはいえ、人間の頭は重い。熱いおでこが胸に触れ、ネットのロリ画像では気づけなかった官能を味わった。

そらの反応に気をつけつつ、ピストンを速めていった。

「ああっ、あんっ！　んはっ……あんっ、いやっ……あああんっ！」

忙しない喘ぎが、知輝の胸を湿らせた。

「そらも知輝さんも、すごい……ギュッて抱っこしてるのに、腰だけすごい速さで動いてる」

サルのようにという下卑た慣用表現は、さすがに知らないようだ。

そらが腰を引いて逃げようとしていた。ひよりの位置からは、うつぶせのそらはへの字に見えているだろう。

逃がすものか、と知輝は両手をそらのお尻に当てた。やわらかなお尻をわしづかみにし、押して戻す。

「ああっ！　いっぱい、いっぱい、来てるっ！　あああっ！」

そらが顔を上げ、強く目を閉じたまま、悲鳴をあげた。

小さなお尻を両手で握りしめた。こぶしに収まってしまいそうなやわらかさに、射精のスイッチが入った。

「そらちゃん、出るっ……！」

ピストンのスピードを緩めずに、ペニスの受けるすさまじい圧のなか、知輝は激しく射精した。男根の全方位から強い締め付けを受けており、尿道まで細くつぶれている。発射される実弾が尿道を猛スピードで通るのを生々しく感じた。

「いやあっ!?　あつっ……熱いのっ、来てるっ!?　ああっ、いやああっ！」

肩に強い痛みを感じた。

そらが射精のあいだ、知輝の肩をつかみ、遠慮会釈なく爪を立てたのだ。服をつかんでいるつもりのようだ。

吐精を終え、ピストンを緩めた。往復は一秒に一度に戻り、ゆっくりと静止した。

「ああっ、ともっ……知輝さんっ！　ああっ、あああっ……！」

そらは強く余韻《よいん》を引きずっていた。

知輝の全身を撫で回し、胸に頬をこすりつけ、全身を妖しく悶《もだ》えさせていた。

「そら、感想は？　……って、訊くまでもなさそうだね」

見ているひよりのほうが、苦笑いを浮かべようとして失敗している。

「あん……ひよりの言ってたとおり……すごい、すごかった」

「でしょ？　すごかった、以外に言いようがないんだよね」

両手で、そらをしっかり抱いた。小学生サイズの小ささだが、ほんの少し、女性らしいやわらかな脂肪の気持ちよさがある。

そらを抱きすくめたまま、クルリと上下ひっくり返った。

「きゃっ……！」

「そらちゃん、僕も、すごく気持ちよかった。たっぷり出しちゃったよ……！」

上から覆いかぶさるようにして、そらの口に唇をぶつけた。

「あああ、知輝さんっ、大好きっ！」

そらも細い両手を回し、知輝の想いに応える。体重を逃がすのを忘れ、そらの身体にかなりの重量がかかったはずだが、それも知輝と同じく、気持ちの昂りに一役買っているだろう。

「あのー、そろそろいいですか？　カゼ引きそうなんですけど」

ひよりが軽く握ったこぶしでノックのゼスチャーをした。

チラリとひよりを見たそらは、すぐに知輝に視線を戻し、薄く笑った。

「うふ、こんど、知輝さんの部屋で二人でしましょうね」

「ほら！　そこ、勝手な約束をしない」

ひよりは昭和の教師のように、指をそらに突きつけた。竹刀《しない》が似合いそうだ。穏やかな顔と細い指なので、迫力はまったくないが。

「じゃあ、交代でしよ。塾も英語もない日に、ひよりとわたしで月三回ずつ」

「それならいい。うふ、学校の休み時間に計画を立てようよ」

「たまには三人そろってもいいかも」

学校で、というところが怖ろしい。大学ではなく高校ですらなく、小学校なのだ。休み時間にどちらかの机で、セックスや３Ｐのプランを立てるというのか？

「僕の都合は訊いてくれないのかな？　いちおう社会人なんだけど」

「訊いてあげない」

「うふふ、わたしたちに合わせて有休をとってください」

有休を取れときた。子供ばなれした頭のよさのために軽口まで、厚かましさの限度を超えているように聞こえた。

「そら、掛かり湯したほうがいいよ。ちょっと血もにじんでるし」

「ん」

知輝が立ち上がり、手を差し出してそらを立たせた。

「え？」

ひよりと知輝が見ると、そらは尿意をこらえるように内股になり、あいまいに両手を股間にやっていた。

「ん……いろいろ、ひよりの言うとおり……」

「……まだ、知輝さんのぶっといのが、入ってるみたい」

「でしょ？　先輩の言うことに間違いはないんだから」

「おみそれしました。大先輩」

ひよりが桶で、そらの下半身を流してやっていた。

「見て、知輝さんのアレ、まだ大きいまま」

「ホントだ。あんなのが……さっきまでわたしの中に全部入ってたんだね……」

「真っ赤になってる。熱そう」

「ジッサイ熱かったんだから。いまもジンジンしてる」

二人の視線を受けた知輝は、小学生のように片手を挙げた。

「ハイ、次は僕のリクエストを聞いてもらっていいかな？」

「えっと……なに？」

「これ、自信満々で手を挙げて、答えを間違えてる男子のパターンだ」

えらい言われようだ。

「昨日、寝台列車でひよりちゃんのお尻の穴に、指を入れたよな？」

声を落とすこともなく、世間話のような軽いトーンで言った。

「……そうだったね」

ひよりはバツの悪い笑みを戸惑いながら浮かべた。眉をハの字にし、もともと控えめな表情が不安気になる。したたかな性格をしているくせに。

無意識にだろうか、ひよりは片手をお尻にやった。スリットの入ったY字の無毛の性器がやや突き出される格好になる。

「せっかくだから、二人同時に、やってみたいんだけど」

ひよりとそらは、顔を見合わせた。そらはっきりとドン引きしていた。

「あたしはいいよ。くすぐったかったけど、面白かったし」

ひよりは笑みを浮かべ、肯定的な返事をした。引いているそらを意識したのかもしれない。

「わたしも、べつにいいけど……」

こちらも対抗心だろう。そらも消極的に同意する。

「じゃあ、並んで四つん這いになってくれ」

知輝は、もう一枚バスタオルを石畳に敷いた。

んふふ、と笑いながら、ひよりはバスマットに四つん這いになった。

そらも仕方なさそうに横で同じポーズをとった。

（女の子二人がお尻を突き出してるのに、ぜんぜん迫力がない……）

このシチュエーションはＡＶのジャケットや画像で見たことがある。

しかし同じ状況なのに、迫りくるようなお尻の迫力がまったくなかったのだ。

小学生の女の子の白くて小さなお尻が並んでいる、ただそれだけだった。

ふと知輝はあることに気づいた。

（子供の腕って、あんなふうに曲がるんだな……）

二人とも細い両腕をぴんと張って四つん這いになっているが、肘が妙な角度でくの字を描いているように見えるのだ。

「いいねえ、ひよりちゃん、ちゃんとお尻を突き出してる。わかってるじゃないか」

そらに聞かせるためだ。狙いどおり、そらは隣のひよりを見ながら、少しだけお尻を突き出した。

両手で二人のお尻を、ぺしっと軽くはたいた。

ひよりは動じなかったが、そらはビクリとお尻を揺らした。一瞬波打つのが妙に卑猥だった。

「へえ、お尻の穴にも個性があるもんだねぇ」

いやらしい口調で言ってみる。

「……そんなにちがうの？」

ひよりの引き気味の質問に、

「そりゃ、顔と同じぐらいちがうよ」

わずかな形の違いはともかく、色に関しては、二人とも色素沈着のない縦長の清楚な集中線があるだけだ。

両手で二人のお尻を同時に撫でながら、三秒待った。そして、

「二十一本と二十二本」

「……なんの数字ですか？」

答えを聞くのが怖いような声で、そらが訊いた。

「二人のお尻の穴のシワの数。ひよりちゃんが二十一本で、そらちゃんが二十二本」

「……うそ」

「うそです。失礼しました」

二人のお尻を激しく撫でた。二つの尻肉だが、小さいので円を描くのは容易だ。大人の女性のお尻より骨ばっていて硬い。

(ホントに、未熟な青い果実だな)

月並みな感想が頭をよぎる。

「やぁん、お尻を撫でられるとくすぐったい。んふふ」

笑いながら、ひよりは横のそらを見た。様子見の意味だろう。

「うん……ぞくぞくしちゃうね」

百パーセント賛同のトーンではなく、声も震えていたが、拒むふうもなかった。

(こんどは、ローションをたっぷり用意しておこう……)

今後も、この女子小学生たちと性行為を続ける前提で考えている。

お尻を撫でるだけなら備え付けの石鹸やボディソープを使ってもいいが、お尻の穴に用があるのだ。

「じゃあ、ひよりちゃんから、いくよ」

ひよりのお尻の真後ろに来た。お尻の穴を開かせるように、両手で外側に円を描いて撫でる。

「あは、お尻の穴見られるの、やっぱり恥ずかしい。んふふ……」

「昨日、指まで突っ込まれてるのにか？」

無神経なツッコミをしてしまった。

舌の上に唾液をたっぷり乗せ、お尻の穴を予告なく大きく舐め上げた。

「あんっ！　やぁんっ……」

さしものひよりも、お尻を一瞬引いた。

「ああん、言ってからやってよぉ……」

照れ隠しのこもる非難の声。これもそらを意識したものだ。

「うわぁ……何度見ても引く……」

肛門を舐める様子を見ながら、怖れのにじむ笑みをそらが浮かべていた。

「ビビることはないんだ。お口の反対側とキスしてるだけなんだから」

そらは返事をせず、ひよりの反応だけを見ている。

「んん、くすっ……くすぐったい。あはっ、ああんっ」

「ひより、なんか妖しい声……」

笑いをにじませようとして失敗しているのを、そらに見破られている。

「……なんかね、アソコを舐められてるのと、ちょっと似てるの……あんっ！」

告白するような口調で、ひよりが控えめな笑みとともに開き直った。

「こんなところを舐められて感じちゃうなんて……なんか恥ずかしい」

舌の先を尖らせ、一点を強く突いた。

「あああんっ、入っちゃう……！」

ひよりが悲鳴に似た声をあげた。

これ以上舌を突き入れるのは危険かもしれない。知輝は顔を離し、小さな白いお尻を優しく撫でた。

「さあ、次はそらちゃんだ」

「……そうなりますよね」

「んふふ、大丈夫だよ、そら。レッツコーモン舐め！」

「……コーモンとかいうの、やめて」

知輝は膝立ちのカニ歩きでそらの背後に移った。

（やっぱり、そらちゃんのお尻のほうがふっくらしてる。やわらかい……）

お尻を撫で回しながら、口には出さずに思う。

触れられるのを拒むように、そらの肛門は固く閉じられていた。

「そらちゃん、お尻の力を抜いて。すっかりリラックスするんだ」

知輝は優しい口調で言い、赤ん坊の頭を撫でるようにソフトにお尻を撫でた。

じつに仕方なさそうに、そらはお尻の力を緩めた。お尻の縦線が消え、肛門がはっきりと露出した。縦長だったひよりの肛門よりも、やや真円に近いか。

唇を丸め、お尻の穴に顔を近づけ、ふっ、と息を吹きかけた。

「きゃあっ！」

そらは、お尻を落として逃げようとしたが、腰をつかんでいた知輝の手がそれを許さない。

「そらちゃん、息を吹きかけただけだよ。敏感なんだな」

「んふ、知輝さん、すごいイジワル」

四つん這いのまま、顔を横に向けていたひよりが笑う。

「そらちゃん、緊張しすぎだよ。お尻までピリピリ伝わってきてる」

「そうだよ、そら。お手洗いでゆっくり腰掛けてるぐらいリラックスすればいいの」

もっと美しい例えはないのか、と思ったがツッコんでいる余裕はない。

「んふふふ、息をかけられただけでそんなにハンノーしてたら、舐められたりしたら身体じゅうがとろけちゃうんじゃない？」

「そうかも……」

ひよりの冷やかしに、そらははっきりと肯定した。さらに、

「あん……アソコより気持ちよかったら、どうしよう……」

四つん這いのまま、なにも見まいとするように目は閉じている。眉は不安げにハの字になっていたが、口元には薄い笑みが浮かんでいた。

「おケツのほうが気持ちよかったら、まちがいなくヘンタイさんだよ、そら」

「……ひよりと知輝さんが悪い」

少し拗ねたような口調で、可愛らしい責任転嫁《てんか》を口にする。

「じゃあ、いくよ」

もう過度に驚かせないよう、先に言っておいた。やはりお尻の穴を広げるように外側に両手で撫でた。唇を舌で一周し、舐め濡らす。

「……知輝さんの顔、ほんとにキスするときみたいな表情だよ」

「……どんな？」

「うっとりしてんの」

集中線の下に尖らせた舌を当てた。かまぼこを舐めたらこんな弾力だろうか。

舌の上に唾液を満たし、正しいRの発音をするように巻き上げ、肛門を舐めた。

「ああっ、やんっ……あああんっ」

喘ぎとも苦悶ともつかない声を、そらはあげた。

「ほら、やっぱりそんな声出るでしょ？」

四つん這いのまま、ひよりは先輩風を吹かす。

濡らした唇を丸め、ブチュッ、と肛門全体にキスした。

「あ、ああ……お尻が、生あったかい……あああ」

タコのように丸めた唇を圧着させたまま、舌を伸ばし、チロチロと中央の一点を突いた。そして高速できわめて短い円を描いて舐めほじった。

「ああっ！　いいっ……すてき！　ああんっ、おしっ……お尻の穴なのに……！」

がくん、と白いお尻が揺れた。二本の細い腕が官能に耐えきれなくなり、いきなり上半身を落としたのだ。横から見ると、お尻だけを突き上げたへの字になっている。

「ちょっとぉ、そら、アソコにオチ×チン入れられたときよりも、いやらしい声出してるよ……」

ひよりが引き気味に笑った。

「と……知輝さん、もっと、奥まで、突けませんか……？」

泣き崩れそうな声で、そんなリクエストをしてきた。さすがに衛生的に危険だ。

だが、それで知輝も押しやすくなった。

「そらちゃんも、指を入れていいかい？」

はあはあと子供らしく細く息を喘がせながら、そらは二秒後に応えた。

「……お願いします」

「えっ……いいの？　そら──」

「ひよりちゃんは、どうする？」

「……あたしも、もちろん」

置いていかれてたまるか、というところだろうか。ひよりは触れるほどそらに近づき、同じように頭をつけてお尻だけを突き出した。

「よし。じゃあ二人ともお尻の力を抜いて。ラクにして……」

両手を交差させ、隠していたコンドームを取り出した。二人とも見ていないが、どのみちゆうべ披露《ひろう》しているので驚いてもらえない。

待たせすぎないように、両手の人差し指に大急ぎでコンドームを巻いた。

(こんな可愛い女子小学生のお尻の穴を、同時に二つも責めることができるなんて)

二つ並んだお尻の穴を交互に見ながら、ロリコン者として至福《しふく》の感情に胸がつぶされそうだった。犯罪であることは承知しているが、全国のロリコン者のうち、こんな僥倖に恵まれる者がどのぐらいいるだろう。

両手の人差し指をいっぺんに口に入れ、濡らした。こんな仕草をするのも、さりげなく生まれて初めてだ。

そうして二つの人差し指の腹を、二人の少女の肛門に、ピトッと当てた。

「ひあっ……知輝さん、ゆっくり……」

「ああ、早く、来てください……」

急《せ》かしてくるそらに対し、経験しているはずのひよりのほうが引けている。

さっきまでと逆だ。

(変態プレイのポテンシャルは、そらちゃんのほうが上かもしれない)

指の腹で、イングリモングリと肛門を撫でた。ゆっくりと押し付けていく。

次に、それぞれの指を垂直に立てた。

「そらちゃん、いいぞ……ひよりちゃんはお尻を引っ込めるな。少しキバれ」

「キバるって言い方、最悪……」

掘削機で掘るように、立てた指を微細に振動させていった。

「ああ、なんか、入ってきそうですっ……」

先に逼迫《ひっぱく》した声をあげたのは、そらだ。ひよりの肛門は、まだかたくなな硬さがある。

二人を同時にコントロールするのは、なかなか神経を遣った。

ぷっと、そらのお尻が開く感触があった。

「ああっ！　やんっ、はいっ……入ってくるっ！」

やはり対抗意識か、急にひよりの肛門もやわらかくなった。

ひよりの肛門も、根負けしたように開き、すぐに第一関節が半分ほども入った。

「んんん……ヘンな感じ」

「もっと、奥まで、来てください」

「あたしもだよぉ……」

付き合うほかはない、というトーンでひよりは答えた。

ゆるい掘削を続けた。指は確実に少女たちの肛門に消えていく。

「二人とも、第二関節まで入ってるよ……！」

ほどなく、二人の少女の肛門奥に、長い人差し指は完全に入ってしまった。

「あぐぅ……昨日といっしょ……エッチなことされてる感じが、すごい……」

「さっきと、ちがうところに、入ってるのが……わかります」

ひよりもそらも、切れぎれに言葉を紡《つむ》いだ。

「指、チ×ポみたいに出し入れしても大丈夫かな」

「して……！」

まずそらが即答した。つづいてひよりも「お願い」と答えた。

肛門から指を同時にゆっくり抜いていく。昨日のひよりもそうだったが、そらも腸が健康らしく、コンドームにイヤな汚れは付いていない。

「ああ、抜けていく……」

「ああん、抜いちゃダメェ……！」

ほぼ同じ文言で二人はつぶやいた。声圧のない小学生の声で訊くと異様だ。

第一関節だけを残し、とめた。そして再び挿入していく。

「あんっ、これ、キツイ……すてき！」

苦しそうに声を出したと思ったら、最後に、すてき、ときた。

二人同時に、最奥まで人差し指を突き刺し、また抜く。そして挿入。その振幅を次第に速めていった。知輝の緊張と気遣いは、セックスのときよりも大きい。

「そら、怖がってたのに……お尻の穴だよ？」

「ああっ……身体の、いろんなところに、ヘンなスイッチが、あるんだねっ」

なんとか笑みを浮かべ、そらはアナルに肯定的な返事をした。やはり、そらのほうが変態プレイの素養がある。

「んんっ、んあんっ、あんっ、ああんっ！」

そらの嬌声の合間に、洟《はな》を啜《すす》るような音が聞こえた。

「ちょっと、そら、泣いてる……！」

見ると、そらは横顔をバスタオルにつけたまま鼻を赤くし、泣いていた。涙が斜めに頬を伝っている。

「痛いのっ⁉」

お尻への指ピストンに身体を揺らせながら、ひよりが顔を寄せ、大真面目な声で訊いた。そらも肛門への往復運動に身体を揺らせつつ、激しく顔を横に振った。

指アナルピストンは最速になった。

「ああぁっ！　知輝さんっ、さっきみたいに、出しててっ！」

泣き声とともに叫んだのは、そらだ。

さすがに無理だ。どんなに気持ちが昂っても、指先から精液は出ない。

ゆっくり指ピストンをゆるめていった。最後に第一関節だけを残し、一拍とめ、それから引き抜いた。

同時に、力尽きたように、どさりとそらはお尻を落とした。

続いて、ひよりも仰向けにひっくり返った。

知輝は慎重に両手の指のコンドームを外し、隅にあった小さなゴミ箱に捨てた。

仰向けにひっくり返ったひよりは、両脚をだらしなく広げていた。無毛の性器がばっちり見えている。

「ああ、もうダメ……二日連続で、えげつないこと、された……」

上品な印象のひよりには違和感の強い言葉だ。動画で覚えたのだろう。

そらが、ゆっくりと立ち上がった。

まだ鼻が赤く、啜っている。瞳が涙で潤んでいた。

「……どうして泣いてるんだい？　痛いのを我慢したわけじゃないんだろう？」

小学生のようにダイレクトで無神経な訊き方をした。

「あは……なんか、感動しちゃって……」

「うわぁ、お尻の穴で感動……そら、プロのヘンタイさんだよ」

そらは下半身を流そうと桶を取りに歩いたが、つと立ちどまった。

上半身を屈め、ひどい内股になって、お尻とアソコを手で押さえている。

「どうした？」

「ちがうの……なんか、アソコとお尻に、まだ一本ずつ知輝さんのが、入ってるみたいで……」

一本ずつ、という表現が印象に残った。

ひよりは仰向けのまま、手も脚もだらんと広げ、しまりなくモゾモゾしていた。

「んー、力が、入らない……」

「ひより、だらしないよ。赤ちゃんみたい」

「んー、お腹冷えたみたい。おちっこしたいんだけど、立てない……」

聞き違いではなく、「おちっこ」と言った。幼児語など、ふだんのひよりのキャラからはちょっと考えられない。

天の啓示《けいじ》を受け、一秒前まで考えてもいなかったことを口にした。

「そのまま、おしっこすればいいじゃないか。僕たち以外、誰もいないんだし」

えっ？　と二人が同時に短い声を発した。敷いているバスタオルは汚れるが、排水溝までは近く、ゆるい傾斜もついている。

そして、次の閃き。

「そうだ。僕がおしっこを……飲んでやろうか？」

こんどは、すぐに返事はなかった。さすがにドン引きの顔だ。そらは両手を口にやって驚いている。ひよりも少し顔をもたげていた。

「そっか……前にそんな約束したもんね。でも、どうやって？」

「簡単だ。ひよりちゃんのアソコを舐めるような格好で、そのまま」

とん、と重そうに、ひよりは頭をバスタオルに落とした。

「あー、ほんとに信じられない修学旅行だわ……」

くたびれ果てたような笑みが浮かんだが、その顔には再び朱《しゅ》が差していた。

「知輝さん、そんなもの飲んだら、死んじゃうんじゃ……」

そらが両手を口に当てたまま、上擦った声で訊いた。

「そら、しつれー！」

顔をもたげ笑ったまま、ひよりは怒った。

「ひよりちゃん、おしっこ出やすいように、膝を立ててもう少し脚を開いてごらん」

「ごらん、だって……」

口に手を当てつつ、そらも興味津々《しんしん》で近づいてきた。

「ひよりちゃん、かき氷を思い浮かべてみな。ハワイアンブルーで赤いハイビスカスが差してあるヤツ」

「え……？」

「思い浮かべたかい？　どんな気分だ」

「ちょっとぉ！　おしっこ、我慢できなくなっちゃう」

知輝はニンマリ笑うと、両脚のあいだに立った。

「僕は出はじめてから口をつけるよ。さあ、ひよりちゃん、レッツおしっこ！」

「え、ちょっと……横になったままって、あんがい出にくいね……」

妙な緊張に包まれた沈黙の数秒間があった。そして、

「ああ、おしっこ、出ちゃう……」

少し開いた無毛の性器が、ジョロッ、とにじんだ。電力不足の噴水のようにおしっこはゆるゆると吹き上がり、少しずつ高くなっていった。

「やだぁ……」

そらは口に手を当てたままだが、笑みがにじんでいるのがわかった。

噴水はさらに高くなり、強弱をつけたあいまいなアーチを描いた。知輝は細いふと

ももの間に割って入り、顔を近づけた。熱いおしっこがダイレクトに顔にかかる。

「ぶふっ……！」

目に入ってしまったが、なんとか開けた。噴出孔《ふんしゅつこう》の無毛の性器に唇を当てた。

「やんっ！　ああんっ……」

一瞬、おしっこの勢いが削《そ》がれた。しかし、すぐに熱いおしっこが知輝の口の中にあふれてくる。こぼさないよう、懸命に嚥下していった。

「うわぁ……知輝さん、ほんとにそんなの飲んでるんだ……」

ほどなく、おしっこの勢いは弱まり、止まった。

「ああん、もう出ないよう……」

「きれいに拭いておかなくちゃな」

執拗《しつよう》に性器を舐める。無毛の大陰唇のなめらかな舌触りが心地よかった。

「……おいしかったの？　ヘンタイさん」

「極上《ごくじょう》の白ワインだったよ」

ちらりとそらを見た。ドン引きして固まっている。あえて挑発的に訊いてみた。

「そらちゃんも、どうだい？」

驚いたことに、そらはコクンと首を縦に振った。あまつさえ、

「あの……最初からアソコに口をつけたら、全部、飲んでもらえるんですよね？」

呆気にとられる知輝とひよりに向かって、そらは「うふふ」と恥ずかしそうに笑った。立ち姿勢も微妙に内股のままだ。

「さっきみたいに、知輝さんが下になって、顔の上に私が跨《またが》るというのはどうですか？　それで、おしっこを……」

「あー、あたしもそれやりたい！　くやしー」

ひよりが悔しそうに笑い、立てた膝で脚をパタパタさせた。

「んふふ、朝までエッチなことしましょうね。明け方こっそり戻ればいいし」

「帰りのブルートレインで寝ればいいしね！」

小学校の修学旅行での３Ｐの夜は、日が昇る直前まで続いたのだった。

エピローグ

令和五年七月。

ＥＦ６６式電気機関車！　そしてそれに続くブルートレイン！

（また動くこれに乗る日がくるとは……）

昭和から平成にかけて日本の物流を文字どおり牽引し、ブルートレインの顔として、昭和の少年たちの憧れだった直流電気機関車。

令和四年に全機が引退したが、ファンの声に応えて、動態保存されていた一機をイベント列車として、各種催《もよお》しで走らせていた。

株式会社アートスタジオＪＳ　第一営業部　部長。

それが、現在の山根知輝の肩書だった。

（あのとき、ひよりちゃん、そらちゃんと……）

ブルートレインでの修学旅行で、女子小学生二人と危険な行為に及んでから、十一年が経っていた。

あの直後、知輝の父が倒れ、長い闘病生活に入った。知輝は実家住まいとなり、早々《はやばや》とマンションを引き払わざるを得なくなった。

(バチが当たったんだと思ったよ……)

故郷は関東圏なので通勤がやや不便になっただけで、会社は変わっていない。

現在、知輝は結婚し、男女二人の子供がいる。

あれ以来、知念ひよりと水木そらとは会っていない。

二人の少女の通っていた倉橋小学校が、再びＪＲＲと提携し、ブルートレインでの修学旅行を企画していた。

むろん、知輝はノータッチだったのだが、思いもかけずＪＲＲから知輝を名指しで同行の依頼があった。かつての知念部長に渡した名刺がまだ生きていたのだろうかと、キツネにつままれた気分だったが、宣伝広告の上得意の依頼を断る訳もなく、知輝は同行を決めた。

(ひよりちゃんも、そらちゃんもいない、センチメンタルジャーニー。古いかな)

流線型で濃い顔の昭和のイケメン、ＥＦ66の顔を見てから、ブルートレインの中に入り、サロンカーに移った。

窓の外を見ると、ホームで修学旅行の小学生たちが並び、先生の話を聞いていた。

学校関係者を示す腕の赤い腕章も、あのときのままだ。知輝も着用している。

「山根さま。ようこそお越しくださいました。修学旅行の児童たちのご随行、どうぞよろしくお願いいたします」

ふいに、後ろから女性に声をかけられた。

振り返ると、まだ大学生の面影《おもかげ》を残したリクルートスーツの女性が立ち、両手を前に重ねて丁寧にお辞儀していた。

「こちらこそ、よろし――ひっ……ひよりちゃんじゃないか!?」

顔を上げた女性は、知念ひよりだったのだ。

「ご無沙汰してます。んふふふ」

スタイルがいいまま背が高くなり、女性らしい丸みも加わっている。イタズラっぽい控えめな笑顔は、あのときのままだ。

「私、父と同じ会社に入社したんです。まだ新入社員だけど、こっそり父に無理を言って、この企画を通してもらったの。手柄は私の先輩に譲ったけど。んふふ」

大量の情報を大急ぎで処理しながら、質問を整理した。

「もっ……もしかして、僕を呼んだのは、ひよりちゃんか？」

「そうです。会社のホームページで知輝さんの居場所はわかっていました。驚かせようと思って、父の名前も私の名前も出さなかったんです。知念って珍しいし」

窓の外で、大勢の小学生たちが車内のこちらを見ていた。

「あちらの先生方の奥にいる、教育実習の先生、ごらんになってください」

優雅に手で示した先を見ると、やはりリクルートスーツの女性と目が合った。

「あれはっ……そらちゃん!?」

大人になった水木そらだったのだ。

「そうです。そらは教育大学を出て先生になったんですよ。でも今日はオフ扱いで、修学旅行の非公式の付き添いというかたちです。二人で考えたの。んふふふ」

既視感に囚《とら》われる。まだ小学生だったこの二人に、手もなく転がされていたのだ。

「もちろん、私も今日は非番です。見学という目的で乗せてもらうの」

ひよりは手のひらで奥の車両を示し、あのころにはなかった妖艶《ようえん》な笑みを浮かべた。

「スイートにご案内します。あちらで、ご説明しましょう。知輝さんと私とそら、三人で夜遅くまでくつろげるかと存じます。んふふふ」

十一年ぶりの３Ｐの予感。知輝は驚きとともに、股間が熱くなるのを感じた。

◉新人作品**大募集**◉

マドンナメイト編集部では、意欲あふれる新人作品を常時募集しております。採用された作品は、本人通知のうえ当文庫より出版されることになります。

【応募要項】未発表作品に限る。四〇〇字詰原稿用紙換算で三〇〇枚以上四〇〇枚以内。必ず梗概をお書き添えのうえ、名前・住所・電話番号を明記してお送り下さい。なお、採否にかかわらず原稿は返却いたしません。また、電話でのお問い合せはご遠慮下さい。

【送付先】〒一〇一‐八四〇五 東京都千代田区神田三崎町二‐一八‐一一 マドンナ社編集部 新人作品募集係

美少女寝台列車《びしょうじょしんだいれっしゃ》 ヒミツのえちえち修学旅行《ひみつのえちえちしゅうがくりょこう》

二〇二三年 一 月 十 日 初版発行

著者◉浦路直彦【うらじ・なおひこ】

発行◉マドンナ社
発売◉二見書房
東京都千代田区神田三崎町二‐一八‐一一
電話 〇三‐三五一五‐二三一一(代表)
郵便振替 〇〇一七〇‐四‐二六三九

印刷◉株式会社堀内印刷所 製本◉株式会社村上製本所 落丁・乱丁本はお取替えいたします。定価は、カバーに表示してあります。

ISBN978-4-576-22185-4◉Printed in Japan◉©N.Uraji 2022